Con R de Reality

LUIS ZAPATA

Con R de Reality

Prólogo de Sergio Téllez-Pon

RANDOM HOUSE

Penguin
Random House
Grupo Editorial

Con R de Reality

Primera edición: enero, 2023

D. R. © 2023, Luis Zapata
D. R. © 2023, Con autorización de Luis Camilo Zapata Bado y Martín Tadeo Zapata Bado

D. R. © 2022, derechos de edición mundiales en lengua castellana:
Penguin Random House Grupo Editorial, S. A. de C. V.
Blvd. Miguel de Cervantes Saavedra núm. 301, 1er piso,
colonia Granada, alcaldía Miguel Hidalgo, C. P. 11520,
Ciudad de México

penguinlibros.com

D. R. © 2023, Sergio Téllez-Pon, por el prólogo

ISBN: 978-607-382-495-8

Impreso en México – *Printed in Mexico*

¡TU MUERTE SERÁ TELEVISADA!
Prólogo

Noto o percibo, al leer *Con R de Reality*, varios de los temas e intereses que le eran caros a Luis Zapata, muchos de los cuales ya estaban presentes en algunas de sus novelas anteriores. Trataré de abundar en ellos aunque sea brevemente, desde luego, son sólo los que encontré en mi lectura y estoy seguro de que los lectores encontrarán muchos más en la suya.

Para empezar, si de algo sabía Zapata era de enfermedades, de medicamentos, de tratamientos… Porque la enfermedad ya había sido un tema tratado en su novela *Como sombras y sueños* (2014), y lo hizo sin pudores y además con bastante humor. No es de extrañar que volviera a escribir sobre estos temas, ya que le interesaban particularmente, pero esta vez a las enfermedades añade la muerte y un asunto más: lo que llamamos comúnmente "el más allá". Sin embargo, no deja de intrigarme, ¿por qué pensó Luis que debía escribir otro libro sobre esos temas tan controversiales y tan poco nombrados socialmente? ¿Quizá sentía que las varias enfermedades que padecía lo acercaban más a la muerte que lo que pudieran retenerlo a la vida? Como sea, no deja de sorprender que su última obra sea escalofriantemente premonitoria.

La muerte, esa señora tan catrina y tan inesperada, pues la mayoría de la veces se presenta sin avisar, es la verdadera protagonista de esta última novela de Zapata. Aquí, en cambio, los concursantes de este macabro reality no sólo no la temen, sino que la desean, y más si es para ganar un premio muy jugoso. La muerte es algo que sienten, presienten, piensan y sueñan los personajes de esta novela/reality: "Vivía sólo para esperar la muerte", dice el narrador sobre una de las concursantes. La muerte como triunfo en uno más de los caprichosos juegos de la vida. ¡Para ganar te tienes que morir! *Muérete y gana* es un reality show muy escalofriante, pero que no es nada inverosímil si se toma en cuenta que la sociedad moderna es bastante chismosa y morbosa, y sólo eso lo haría posible.

El poeta andaluz Luis Cernuda tituló su poesía reunida como *La realidad y el deseo,* pues él creía que el amor y el erotismo eran todo un mundo alterno a la realidad; más actual, la difunta Franka Polari oponía la vida virtual contra IRL (In Real Life): la Polari, empedernida cibernauta, sabía bien que la vida virtual era otra forma de realidad pero que no sustituía a la verdadera. Por su parte, en esta novela al principio hay una oposición de los sueños con la realidad, y luego, de manera más evidente, la realidad *versus* el reality show. De alguna manera ellos –y seguramente otros– coinciden en que la realidad no es la única donde podemos "vivir", podemos crearnos o pensar en otra realidad, como ahora el Metaverso. Quizá algo que sus lectores desconozcan es que Luis

Zapata, nuestro escritor más prolífico en el tema gay, el autor de la icónica novela *El vampiro de la colonia Roma* (1979), era católico creyente, discreto, pero creyente al fin, y en estas páginas hay varias referencias a ello. ¿Pensaba Luis que al morir iría a "una vida posterior, en la que seremos una especie de ángeles", como escribe en un momento de esta novela? Yo creo que sí, y ahora en "el más allá" vive su otra reality.

Cuando conocí a Luis y empezamos a trabajar juntos, estaba por terminar su novela *Como sueños y sombras* en la que, como dije, ya había abordado el tema de las enfermedades. De hecho, esa novela se llamaba originalmente *Mi vida como enfermo*, pero en una de las varias presentaciones que se hicieron, Luis recordó algo que yo había olvidado: resulta que un día que estábamos los dos en su casa de Cuernavaca me dijo cómo se llamaba el libro que estaba terminando y, según él, yo le contesté: "¡Ay, qué pinche nombre tan feo!". Eso es lo que yo olvidé, pero él no. Al parecer mi comentario le caló hondo, porque provocó que Luis lo rebautizara y le encontrara otro nombre, más cervantino y, claro, más poético. Como sea, ya desde allí tuvo el impulso de escribir sobre las enfermedades y, en consecuencia, sobre la muerte. Aunque, a decir verdad, en varias de sus novelas anteriores ya habían hecho apariciones enfermos, enfermedades y medicinas: en *Melodrama* (1983), el fabuloso personaje de la madre va a terapia y toma antidepresivos.

La depresión fue la mayor enfermedad que Luis padeció. Una vez me contó que una etapa de depresión lo hizo perder el sentido del tiempo, no supo qué año era y que ya habíamos entrado en otro. Por fortuna, cuando lo conocí "andaba muy arribita", como me dijo una vez Pepe Dimayuga, a quien le había tocado vivir de cerca una de sus depresiones. Entre 2007 y 2012, más o menos, estuvo muy activo: escribía sus novelas pendientes, traducía algunas chambitas que le caían, viajaba a presentar sus libros, socializaba mucho con sus amigos y, sobre todo, se puso a hacer cortos y películas (*Regalo de cumpleaños*; *Afectuosamente, su comadre*; *Angélica María frente al mar*) y a escribir guiones para otros futuros cortos.

Luego murió su papá y creo que eso le afectó más de lo que él mismo pensaba, porque le vino otra etapa de depresión de la que ya no saldría: primero apareció *Como sombras y sueños* y poco después *Autobiografía póstuma* (2014), pero para cuando ésta última empezó a circular, él ya no estaba para entrevistas y presentaciones, se encerró y ya no socializó más. En 2009 conmemoramos los 30 años de *El vampiro de la colonia Roma* por todo lo alto, pero para 2019, cuando la novela cumplió 40 años, las presentaciones de la edición especial tuvieron que hacerse sin él. De ese último encierro salió *Con R de reality*. En estas páginas leo y veo a ese Luis con depresión: hay algo en su escritura lenta, en la forma en que se detiene en las descripciones y en su brevedad (o en su rapidez, según se quiera ver), que me hacen imaginarlo escribiendo frente a su computadora con el fantasma de la depresión sobre sus espaldas.

Por otro lado, a Luis le llamaban mucho la atención los productos de la tecnología y las manifestaciones de la cultura de masas: supongo la maravilla que para él, tan cinéfilo,

debieron de ser el Beta y el VHS, y luego también las computadoras, las cámaras digitales y algunos gadgets, hasta el celular, el DVD y la laptop. Un día, después de hablar con Jaime
Humberto Hermosillo, me comentó que le parecía una maravilla que el director de cine estuviera filmando sus últimas
películas con celular. Porque, además, a Luis le interesaba
todo lo que tiene que ver con la producción de una película
o, como en este caso, de un programa de televisión. Siempre
le quedó el gusanito de hacer película su novela *Melodrama*,
que ya en sí es el guion. Y tiempo después me contó que se
le ocurrió hacer una nueva versión de su fabulosa novelita,
De pétalos perennes (1981): en esa historia, la señora Adela y
Tacha, su criada, se cartean con hombres que se anunciaban
en las revistas del corazón, ahora Luis quería hacer una versión más actual en la que esas dos mujeres conocieran a los
hombres por Facebook o Tinder y por allí les escribieran,
para que el fugaz enamoramiento, seguido de su decepción,
fuera más inmediato. En los últimos años pensó en hacer la
película de *El vampiro de la colonia Roma*, que por fortuna
pronto se estrenará en Netflix. Cada vez que aparece Ramón
Villafuerte, el productor del reality *Muérete y gana*, no puedo
dejar de pensar en que podría ser un personaje inspirado en el
propio Luis, no propiamente su alter ego, pero sí quizá con
el que más se identificaría. Por todo esto, no es de extrañar
que en esta novela haya recreado un reality show, ese género
tan explotado en todos los canales del mundo justamente porque se pueden hacer realities de cualquier cosa, ¿no es Animal
Planet acaso un reality show continuo de los animales en su

ambiente natural? ¿A alguien en el mundo no le gustaría que su muerte fuera televisada, como la de grandes personalidades (Lady Di, Celia Cruz o recientemente la reina Isabel)?

Finalmente, Luis Zapata tenía un sentido del humor muy peculiar. No era un humorista que se metiera en ese personaje y se empeñara en serlo todo el tiempo o que estuviera buscando algo ingenioso que decir a cada rato para complacer a su auditorio, por reducido que fuera, como lo atestigüé tantas veces en Monsiváis. El humor de Zapata era de una manera más inocente, no sé si le gustaría la comparación con Capulina, él que era tan aficionado a todo tipo de cine, pero lo cierto es que era un humorista blanco. Lo era sobre todo de una forma más natural, más sutil. Por eso, tampoco debe parecer extraño que el humor sea una característica muy presente a lo largo de toda su narrativa.

Estoy convencido de que Luis era tímido, incluso podría decir que era inseguro; o, como él decía, citando una canción de su ídola Angélica María, era un "basurita", alguien que se sentía desvalorizado. Hay cierta forma de reserva, de guardar silencio, de mantenerse prudente y alejado, como sólo pueden serlo los tímidos. Luis era así cuando había más gente desconocida que amigos, o únicamente les daba atención a estos y a los demás los anulaba. Sólo hasta que se sentía en confianza podía envalentonarse y entonces sí permitirse algún chascarrillo, una broma, aunque nunca pesada ni vulgar. La cosa cambiaba radicalmente cuando estaba con sus amigos, amigays y amigaytors. Con sus amigos era divertidísimo, desparpajado, cómplice. Los lectores son también sus amigos, pues para ellos reservó sus mejores ocurrencias, el mayor de su ingenio que es el que permanece en sus libros.

Aquí el humor vuelve a aparecer, por supuesto. Gracias a su muy hábil manejo del diálogo, como ya lo había hecho en otras novelas (*¿Por qué mejor no nos vamos?* y *La más fuerte pasión*), la lectura avanza y quizá uno no se percate de lo mordaz que es. Ese humor ácido e incisivo se hace más evidente cuando recapitula a los concursantes de *Muérete y gana*: Alma Ramírez, con metástasis de cáncer; Juan Zárate, con VIH; Margarita Rivera, con EPOC; Salvador Álvarez, con diabetes; Elvira Reséndiz, con leucemia; Isaac Hurtado, con angina; Eva Preciado, con cáncer cervicouterino; Eleazar Santamaría, con tumor cerebral… Todos con enfermedades terminales pero, oh paradoja, en un momento se preocupan o le temen a una nueva que aparece. Como diciendo: "bueno, ninguna enfermedad será peor que la que ya se tenía desde el principio". Ese humor negro me deja la risa congelada.

Hay una última cosa que me llama la atención, una curiosidad. El manuscrito de esta novela no tiene dedicatoria y Luis era muy generoso al ponerlas, todos sus libros las tienen y en ellas aparecemos todos sus enamorados, cómplices, familiares, amigays y amigaytors. Luis murió en plena pandemia de covid-19, casi en la segunda ola de contagios, sin vacunas ni tratamientos, aunque no fue por el coronabicho, sino por su prolongada dependencia al cigarro. Fue por esa razón que sus amigos y allegados no pudimos estar en el hospital durante su largo internamiento, tampoco pudimos ir a despedirlo, sólo su familia más cercana pudo estar al pendiente de él y sólo a ellos les fue permitido estar en la funeraria. Eso me hace pensar que Luis les habría dedicado esta novela a sus hermanos, Patricia y Martín, y a sus sobrinos, Patricia, Luis Arturo, Tadeo y Camilo. Esta novela que justamente habla de la muerte y a ellos que estuvieron con él cuidándolo en los momentos más críticos, cuando Doña Muerte, agazapada, lo tenía como finalista para llevárselo y ganar su propio reality, en tanto los demás, sin poder hacer nada, estuvimos como meros televidentes.

Dado que se le terminaba el periodo de la beca del Sistema Nacional de Creadores, Luis estuvo trabajando en esta novela para entregar una versión casi definitiva; así que de alguna manera hay que agradecer que se le acabara la beca, pues por esa simple circunstancia pudo trabajar en *Con R de Reality* hasta unos cuantos meses antes de que falleciera. Cuando terminaba una nueva novela, Luis se la daba a leer a tres personas: a José Joaquín Blanco, su amigo y su lector más entusiasta; a Angelina Martín del Campo, su maestra, amiga y fan número uno, y al dramaturgo Martín Zapata, su hermano. En este caso, sólo llegó a enviársela a Martín, quien la tuvo en su correo electrónico desde antes de que ocurriera la funesta muerte de Luis, luego la leyó para saber si era un versión terminada y decidió que sí era una versión que podía publicarse. Es así como ésta, la última obra que escribió, pasó de ser la novela inédita de Luis Zapata (1951-2020) a ser su obra póstuma.

SERGIO TÉLLEZ-PON
Ciudad de México, septiembre de 2022

UNO

1.

La vida de Ramón Villafuerte sería perfecta si no tuviera que hacer dieta: todo va bien, más que bien, pero la dieta rigurosa (o eso le parece) que debe seguir ensombrece sus días. Ramón siempre ha sido lo que se dice de buen diente, salvo en sus primeros años, cuando su padre lo apodaba con cariño "Flaco". Pero al entrar en la pubertad, se volvió goloso: no sólo se hizo afecto a los antojitos de la taquería a la que con frecuencia lo llevaban sus padres por la noche; también consumía con inmoderada frecuencia y cantidad durante el día pastelillos, panqués, bolsas de papas fritas y churritos (aparte de lo que compraba en el cine). Ramón recuerda que algunos pastelillos contenían estampitas para llenar álbumes, afición que lo llevó a convertirse en un preadolescente gordito (su padre, sin embargo, continuó llamándolo Flaco); se volvió cachetón y sus tías le decían, con provinciano eufemismo, que estaba lleno de vida. Su gula era mirada por su familia con simpatía y celebrada en ocasiones con risas, como la vez aquella en que devoró por completo un pequeño pollo que había cocinado su abuelita. La anécdota sería recordada por su familia infinidad de veces, con ese afán que tienen nuestros seres queridos por traer a colación historias que poca o ninguna gracia tienen para personas ajenas al ámbito familiar.

Sólo a los catorce o quince años, cuando creció algunos centímetros (no los suficientes, para su gusto), empezó a bajar de peso. Sin embargo, Ramón continuó siendo de buen comer y en varias etapas de su vida se vio obligado a hacer dietas; las conoce todas, desde las que difunden los artistas y el vulgo hasta las impuestas por especialistas. Por su trabajo, pero también por su baja estatura, Ramón no puede darse el lujo de aumentar mucho de peso y siempre tiene que luchar contra esos kilitos de más que las cámaras, por otra parte, aumentan.

Ahora, Ramón acaba de regresar de Europa, donde ganó cuatro kilos: por lo visto, las largas caminatas no sirvieron de nada para contrarrestarlos (o quizás habría aumentado más kilos si las hubiera evitado).

Lo primero que hizo a su regreso fue visitar a un nutriólogo, que le dio una dieta baja en carbohidratos, grasas y azúcares. Ramón la sigue con disciplina y no puede decir que pase hambre (hace tres comidas durante el día, además de dos colaciones), pero sí piensa con demasiada frecuencia y acaso nostalgia en los alimentos prohibidos: lo que más le duele es la privación de pan y de postres, a los que generalmente es afecto, e incluso llega a soñar platillos que están proscritos de su régimen, como el pozole y las garnachas: mi reino por un pambazo.

Dos son las importantes razones por las que Ramón debe bajar de peso: la inminente cirugía que van a hacerle y el próximo programa de televisión que va a realizar. Es cierto que el médico que va a operarlo no le pidió que redujera su peso, pero Ramón sabe, porque está muy bien informado, que la recuperación tras una intervención quirúrgica es más lenta cuando uno está por arriba de su peso normal. En cuanto al programa de televisión, el motivo es obvio y ya se dijo: no quiere regresar a los foros con esos kilos de más. Por otra parte, está seguro de que cuando empiecen en forma los preparativos, y con mayor razón cuando el programa ya esté al aire, la enorme carga de trabajo lo ayudará a mantenerse en su peso.

La dieta es, pues, la única nube que oscurece los soleados días de Ramón. No se cansa de dar gracias por todas las cosas que ha recibido: tiene, desde hace diez años, una relación armoniosa con Felipe; se diría que son el uno para el otro, ya que tienen actividades parecidas y conocen a la misma gente; por lo demás, ambos se tratan con admiración y respeto (al menos es lo que dicen cuando les preguntan el secreto de su feliz convivencia). Ramón, por otra parte, trabaja desde hace muchos años en la televisión, donde ha conseguido una larga cadena de notorios logros. Dice el vulgo que la gente aprende de los fracasos; Ramón piensa lo contrario, pues cada éxito le ha enseñado cómo repetirlo, y así ha sido. En este terreno, espera con entusiasmo el inicio de su nuevo proyecto, que no duda en calificar de revolucionario: está seguro de que la televisión no será la misma después de su programa.

Ramón, también desde hace muchos años, no se ha privado de nada y vive con un lujo que otros envidian. Aun así, ha logrado consolidar una nada despreciable fortuna, que le permitiría vivir sin trabajar si ese fuera su deseo, pero el trabajo es su pasión y todavía no piensa en el retiro.

2.

Alma Ramírez se toca el pecho: acaban de hacerle una mastectomía y sólo queda un dolor sordo que los analgésicos no consiguen quitarle del todo. Se siente incompleta, aunque a salvo del cáncer, y la invade una especie de humillación, de vergüenza.

O quizá lo que tiene es culpa, una culpa que viene arrastrando desde hace varios años. Alma se dio cuenta un día de que en realidad no amaba a su marido, lo que no habría sido un problema si los sentimientos de él hubieran sido los mismos. Pero no: Jaime, su marido, la quería, y mucho: se lo había demostrado infinidad de veces, en ocasiones con pequeños detalles, en otras con grandes regalos, y siempre con muestras físicas de afecto. Alma se acostumbró pronto a su presencia y su contacto, y en un principio pensó que algún día lograría amarlo de verdad… pero ese día nunca llegó. No por ello, la convivencia con él fue desagradable; al contrario: con el tiempo se materializó un afecto sólido, que la llevaba incluso a extrañarlo cuando ella se iba de vacaciones a Zacatecas, donde viven sus padres. Si de alguna manera hubiera que calificar su relación con Jaime, esa sería de compañerismo. En cuanto al sexo, las necesidades de su marido nunca habían sido muy apremiantes, y con el tiempo fueron espaciándose aún más, hasta volverse ocasionales. Para Alma no era molesto tener relaciones sexuales con su esposo, pero tampoco se trataba de algo que disfrutara: simplemente formaban parte de una especie de convenio. En alguna época, Alma llegó a pensar en el divorcio, pero luego desechó la idea porque no había ningún motivo para hacerlo: Alma y Jaime eran compatibles, se llevaban bien, a ella nunca le faltaba nada, él era un buen hombre, etcétera; pero sobre todo Alma consideró que esa innecesaria ruptura podía ser dañina para sus hijos. Por lo demás, Alma era creyente y consideraba el matrimonio un lazo que no debía romperse por pequeñeces, pero siempre se sintió culpable por no amar a Jaime como él la amaba.

Ya en tiempos más recientes, la vida emocional de Alma dio un drástico giro cuando conoció a Alberto. Alma iba caminando por la calle y Alberto empezó a seguirla en su coche, disminuyendo la velocidad. No era la primera vez que le sucedía a Alma, pero en esta ocasión no pudo evitar sentir interés por el hombre que la galanteaba: Alberto era muy guapo, y su trato, muy amable. Alma detuvo su paso y Alberto estacionó su automóvil. El hombre le ofreció llevarla a su destino. Alma le contestó que no iba a ninguna parte, que sólo había salido a caminar, como acostumbraba. La sonrisa de Alberto la sedujo: sus dientes eran perfectos; ese gesto la tranquilizó. Alberto la invitó a tomar un café, y Alma no se negó. Durante el café conversaron animadamente. Alma tuvo la sensación de conocer a Alberto desde hacía mucho tiempo: tal era la confianza que le inspiraba. Poco antes de despedirse, Alberto le pidió su teléfono. Alma no quiso dárselo, pero aceptó la tarjeta que el hombre le ofreció. Alberto la hizo prometer que lo llamaría. La situación, por insólita, ponía un tanto nerviosa a Alma, pero también la emocionaba. Y con esa inquietud pasó Alma varios días, hasta que al fin se decidió a hablarle a Alberto. No sabe qué fue lo que la orilló a tomar esa decisión, quizá pura curiosidad para ver hasta dónde podía llegar con él.

Alma y Alberto se vieron varias veces sin que él intentara llevarla a la cama. A Alma eso le dio seguridad: no sólo la buscaba por su atractivo. Ella no tardó en enamorarse de él. Más pronto de lo que esperaba, Alma sintió que estaba lista para dar otro paso en su relación con Alberto, por lo que no opuso resistencia cuando él le propuso que fueran a un hotel. Ese día, la emoción y el nerviosismo que vivía Alma desde hacía varios días se duplicaron, pero no bloquearon su sensibilidad; Alma sintió que Alberto la llevaba a un territorio peligroso pero irresistible: nunca había vivido lo que ahora experimentaba; la fogosidad de Alberto era contagiosa y Alma por fin conoció la plenitud del deseo. Pocas veces había llegado al orgasmo con su marido, al menos no con la misma intensidad. Alberto le permitió sentirse completa y satisfecha: en su interior explotó algo que ya no la abandonaría. Tampoco la abandonó la culpa y tuvo que vivir con ese sentimiento los meses que duró su relación con Alberto. Varias veces se dijo que debía terminar con esa situación, pero era más poderoso el deseo de seguir prolongando el inmenso placer que Alberto le daba. Así vivió hasta el día que descubrió en su seno izquierdo un pequeño bulto que no tardó en crecer. Los exámenes médicos confirmaron sus temores: era cáncer. Alma lo tomó como una especie de merecido castigo y no tardó en terminar su relación con Alberto.

3.

Hay personas que les tienen un auténtico pavor a los médicos y se resisten a consultarlos hasta que no les queda más remedio, a veces cuando ya es demasiado tarde. Entre estos fóbicos de la medicina abundan más los hombres que las mujeres. Pero Ramón Villafuerte no es de éstos; al contrario: para él es un placer visitar a los médicos, ya sea por necesidad o por mera precaución. Ha visto, a lo largo de su vida, infinidad de especialistas, desde proctólogos hasta internistas, pasando por cardiólogos y un largo etcétera, y no porque su salud haya sido frágil: sólo ha padecido lo que sufre la mayoría de la gente. A estas alturas, el único problema real que tiene es la hipertensión. Pero sí ha recurrido a intervenciones quirúrgicas que quizá no eran necesarias, como la circuncisión, porque en una época se le irritaba el pene al tener relaciones sexuales o simplemente al masturbarse. Otra operación que acaso estaba de más fue su primer *minilift*, a una edad en que la mayoría de la gente aún no piensa en eso. Pero Ramón nunca ha creído en aquello de que a grandes males, grandes remedios. Su lema siempre ha sido erradicar el mal mientras todavía es manejable. Ramón hace preguntas concernientes al tratamiento y el pronóstico de su dolencia, y sigue puntualmente las indicaciones de los médicos: su salud es su mayor bien. Con el tiempo, varios de sus médicos se han convertido en verdaderos amigos y algunos de ellos acuden sin falta a las comidas que Ramón organiza en su casa todos los domingos.

Hoy Ramón visita a su cirujano plástico, reconocido como uno de los mejores del país, si no el mejor. Los pacientes, como es obvio, le sobran, pero a Ramón le da un trato preferencial, ya que es uno de los médicos que se han convertido en sus amigos: aunque siempre tiene llena su agenda, cada vez que le pide cita Ramón, se la da inmediatamente. En este momento, Ramón tiene que esperar unos minutos, pero no se impacienta: platica con la secretaria del médico y con una de las mujeres que también tienen cita, a quien conoce desde hace tiempo.

Cuando entra a consulta, el médico lo saluda afectuosamente, dándole un abrazo: se ve que lo alegra recibir a Ramón. Éste no deja de corroborar lo que siempre ha pensado: el médico es muy guapo, aunque de seguro alguna ayuda extra ha obtenido de la cirugía estética. Por lo demás, mantiene su cuerpo en perfecto estado, y Ramón no duda de que se ejercite en el gimnasio todos los días, aunque el médico lo niega con coquetería.

En esta ocasión, Ramón está ahí para que el médico le dé fecha para su próxima operación; lleva los análisis que el médico le pidió. Ramón bromea: no quiere quedar con un rostro de quinceañera, sino sólo dar a su expresión un aire más descansado. El médico lo tranquiliza: ya sabe cuáles son sus necesidades y está seguro de que Ramón se verá complacido. El médico le da una fecha tentativa para la operación, con la cual Ramón está de acuerdo: no hay prisa, pero cuanto antes, mejor. Esta vez Ramón no prolonga demasiado su visita, pues hay pacientes esperando y es consciente de que el médico hizo un esfuerzo para recibirlo. Se despiden con el mismo cariño con que se saludaron y Ramón se va contento a su casa.

4.

Alma lleva varios días sintiéndose muy triste. En vano sus hijos y su marido se esfuerzan por consentirla: su marido le trae con frecuencia bocadillos que antes le gustaban y ella apenas los prueba; su hija cocina la mayoría de las veces, y su hijo pasa largos ratos acompañándola y tratando de entretenerla: le platica de su escuela, de sus juegos. Alma les agradece todas sus atenciones con desgana: sí, reconoce lo que hacen por ella sus familiares, pero eso no modifica su estado de ánimo. Alma quisiera pasar todo el día en la cama y duerme más horas de lo habitual. Cualquier actividad la cansa; incluso las cosas que antes formaban parte de su rutina ahora le cuestan trabajo. Come poco y sin apetito. Su familia le insiste en que se alimente bien y Alma se esfuerza por complacerlos, pero el hambre está ausente. No tiene deseos de nada... o sí, sólo una cosa desearía: que su vida fuera la de antes, poder ver a Alberto, estar entre sus brazos. Carece por completo de deseos sexuales, pero sí le gustaría recuperarlos y volver a vivir aquellas mañanas llenas de pasión: sólo eso, piensa, podría darle algún sentido a su vida. Sin embargo, no tiene ánimos ni energía para buscar a Alberto. Por lo demás, se sentiría muy incómoda con él ahora que ha perdido uno de sus senos. Alma piensa a veces de manera obsesiva en su examante y luego se arrepiente; no puede evitar la culpa. Pero se dice que está bien sentirse así: que es el justo pago por sus pecados.

5.

Como todos los jueves, esta noche va Ramón al teatro con su madre. Los acompaña, como casi siempre, Felipe. Los géneros favoritos de la madre de Ramón son la comedia y los musicales, y Ramón trata de complacerla, aunque a veces tengan que asistir a una obra que ya han visto antes. De todas, las preferidas por su madre son las comedias de enredos, y ella celebra con sonoras carcajadas, como la mayor parte del público, los abundantes chistes y malentendidos.

Como ya es costumbre, después del teatro van a cenar. Ramón, en estas únicas ocasiones, rompe su dieta y pide un filete con papas. De más está decir que Ramón disfruta más de estas pequeñas transgresiones que de las obras teatrales.

La madre de Ramón invariablemente se desvive en agradecimientos a su hijo.

6.

"Ay, Juanito, Juanito, de veras que no tienes llenadero", le dicen sus amigos cuando les cuenta sus hazañas, y reconoce a veces que no les falta razón: su apetito en el terreno sexual es insaciable. Cuando le da por la autocrítica, dice que es adicto al sexo, aunque hay en eso cierta justificación: no puede hacer nada para controlar sus impulsos. Ya son varios años los que lleva asistiendo por la tarde a los baños de vapor, y cualquiera diría que trabaja para poder darse ese placer. Ha cogido con rubios, morenos, gorditos y flacos, feos y guapos: poco importan las características físicas de sus compañeros: lo único que cuenta es que sean diferentes en cada ocasión, aunque no ha evitado algunas repeticiones. Por esa necesidad de cambio, ha tenido pocos novios más en forma: la gente lo aburre fácilmente y los enamoramientos no son su fuerte, cada vez menos.

Nada le ha impedido a Juan Zárate darle rienda suelta a su compulsión, ni siquiera su no tan reciente diagnóstico de VIH, que recibió primero con estupor y luego con calma; finalmente le pareció justificado: ¿qué otra cosa podía esperar después de tanto tiempo de descuido? Y arrostró con valentía las enfermedades oportunistas que se presentaron. Ha tomado los medicamentos que le prescribieron, pero no hizo caso de la recomendación de usar condón: tanto sus compañeros sexuales como él saben a lo que se exponen. Y siempre se dice, sin que le importe mayormente, que los contactos sexuales que tiene ese día pueden ser los últimos.

Por la frecuencia de sus relaciones íntimas, cualquiera diría que se convierten en algo monótono. Y a veces así es, claro. Pero en otras ocasiones, como esta tarde, se lleva sorpresas: el joven con el que coge lo trata con especial delicadeza: le pide que se voltee de espaldas, y suavemente hace que se agache hasta casi tocar sus pies con las manos; luego pone la mano en su vientre y lo penetra. Con movimientos acompasados, mete y saca su verga, y por momentos va más allá hasta tocar su próstata. El muchacho se viene abundantemente, y con la verga de él todavía adentro, Juan se masturba unos instantes hasta que eyacula. El joven, rompiendo una regla tácita, le pregunta si pueden volver a verse; Juan le dice que sí, y se encuentran a la salida para intercambiar teléfonos.

7.

Ramón Villafuerte ha leído en algunos libros sobre personas que tienen una especie de desdoblamiento y pueden verse cuando están operándolas. Siempre ha querido vivir esa experiencia, pero lamentablemente nunca la ha tenido. Durante su adolescencia, leyó también los libros de Lobsang Rampa, y recuerda en especial *El cordón de plata*, en el que se narra la vivencia de separar el alma del cuerpo, y las dos entidades quedan unidas por el mencionado cordón. Nunca tuvo en sus sueños esa separación, y en la vigilia intentó muchas veces alcanzar ese estado mediante ejercicios de relajación, sin conseguir nunca el resultado deseado. Después, cuando ha tenido intervenciones quirúrgicas, ha querido vivir ese desprendimiento, pero no lo ha logrado. ¿Significa esto que la mente y el cuerpo son inseparables? ¿O sólo algunos seres privilegiados tienen acceso a esos estados?

8.

Juan Zárate se ve dos o tres veces con el joven con quien cogió en el baño de vapor. Vuelven a tener relaciones sexuales, aunque cada vez es menor el interés de Juan. Sin embargo, el muchacho le cae bien, y deciden tener una amistad de la que ya estará ausente el sexo. Juan Zárate regresa al anonimato y a la novedad de su hábito compulsivo.

9.

Ramón Villafuerte sueña que va en un autobús con una de sus primas. Lo que tiene de particular la situación es que Ramón se baña durante el trayecto. No se trata de un baño completo: sólo se lava el pelo, pues tiene grasoso el cuero cabelludo, y su sexo. No está totalmente desnudo: una camiseta cubre la parte superior de su cuerpo. Se encuentra en cuclillas y con una bandeja saca agua de un balde. Siempre le ha preocupado lo grasoso de su pelo, por lo que debe bañarse todos los días. Cuando termina de darse ese baño rápido, baja del camión con su prima; así, desnudo de la parte inferior de su cuerpo, camina con ella por una zona semidespoblada. Van a un concierto sinfónico, y cuando ya se acercan al lugar donde se lleva a cabo, escuchan algunas notas de música. Ramón supone que los músicos son principiantes, pues no ejecutan las notas con la seguridad propia de los músicos consumados.

Llegan él y su prima al edificio donde está el auditorio y suben por un pequeño elevador al primer piso, que es donde tiene lugar el concierto. Ramón es consciente de su desnudez, lo cual le preocupa un poco, pero encuentra en el elevador una prenda de vestir femenina: se trata de un vestido negro, quizá de encaje, y se lo prueba: al menos cubrirá en parte su cuerpo, y se queda más tranquilo, aunque en ningún momento su inquietud ha sido muy grande.

10.

Alma Ramírez no se siente bien: desde hace días tiene un fuerte dolor de estómago y no la abandona el cansancio. Teme lo peor: que haya vuelto el cáncer. No tarda mucho tiempo en ir a la clínica donde la atienden. Y sí, su presentimiento resulta acertado: el cáncer que padecía hizo metástasis.

¿Se irá a morir pronto? Se lo pregunta con cierta curiosidad, como si quisiera saber qué tanto puede resistir su cuerpo en esas condiciones. Por lo demás, no le teme a la muerte: se encuentra en paz con Dios, pues ha recuperado su antigua costumbre de confesarse y comulgar: sus pecados están, pues, perdonados.

11.

Ramón Villafuerte sueña que se besa con un primo que le gustaba mucho en su adolescencia. Están en una alberca o en una poza, y se besan bajo el agua. Se excita un poco y la sensación es muy agradable. Y luego, en duermevela, tiene un recuerdo de su infancia: visita a su abuela en el hospital militar de su ciudad natal; la acaban de operar de la rótula. En su recuerdo no aparecen sus padres, pero seguramente fue con ellos a ver a su abuela. Lo que sí recuerda a la perfección es que hay una bandeja con fruta en una especie de buró, y se come todas las ciruelas, cuyo sabor es agridulce.

Después, las sensaciones placenteras son sustituidas por un fuerte dolor en la cara. Le duele todo el rostro, como si lo hubieran golpeado, y de pronto cobra conciencia de que acaban de operarlo. Él, que es tan afecto a las cirugías, siempre olvida esta parte tan molesta, pero bueno, los aspectos positivos la compensan. Toca el timbre para llamar a la enfermera, y cuando ésta acude le pide un analgésico. Ella no tarda en traérselo, y Ramón se lo toma; le duele incluso la garganta al tragarlo.

12.

"¿Traes tu música?", te pregunta. "Sí", contestas, y le das un CD que traías en la mochila. Él te pide que te subas a la barra y pone el disco. Primero bailas un poco, como calentando el cuerpo. Sientes la mirada del hombre. Luego te despojas de la playera. El clima está un tanto fresco, y endurece tus pezones. Te quitas el pantalón y los calzones. Tu verga ya está parada desde hace un rato: la preparaste con un anillo que la aprieta con fuerza. Acaricias tu verga, erguida en su máxima potencia. Te excita la sensación de ser visto por el hombre, y desearías que te tocara, a pesar de que es feo. Te jalas la verga como si te estuvieras masturbando. Cuando termina la música, te vistes. El hombre te dice que le gustó tu actuación y que puedes empezar a trabajar desde hoy mismo. Te da gusto, aunque estabas seguro de que te iba a aceptar.

13.

Los días posteriores a su operación, Ramón Villafuerte se cuida de más. Se la pasa recostado, viendo la televisión, uno de sus placeres favoritos, pero lo hace con cierta deformación profesional, pues no deja de criticar los evidentes defectos de los programas que ve y piensa en los posibles cambios que redundarían en su beneficio. El dolor de su cara desaparece más rápido de lo que esperaba, y con frecuencia se mira en el espejo para comprobar los óptimos resultados de la operación:

sí, cualquiera diría que han desaparecido de su rostro por lo menos diez años. Duerme, también, todo lo que se le antoja. La única disciplina que se impone es su dieta, aunque incluso en eso comete pequeñas infracciones que luego, cuando esté completamente recuperado, se encargará de enmendar.

14.

En general, puede decirse que tienes dos tipos de clientes: los ricos y los de clase media. Los primeros suelen pedirte que los veas por la noche, y muchas veces te llevan a cenar o te invitan a alguna fiesta. Los de clase media, en cambio, parecen preferir las horas del día para que los visites, y no falta quien regatee el precio de tus servicios. Pero tú no desprecias a nadie: "No hay cliente malo", es tu lema.

Hoy te toca un encuentro con uno de los que clasificas como clasemedieros. Quiere que lo veas en su casa a las once de la mañana. Acudes puntual. Él te recibe en bata de baño. Como es su costumbre, cierra la puerta con llave y la deja pegada a la cerradura. Ya te explicó en una ocasión que lo hace debido a su temor a los temblores, para poder salir corriendo en caso de que lo sorprenda alguno. Por la misma razón, supones, cuando se despoja de la bata, la coloca en una orilla de la cama. La rutina con él es siempre invariable: primero bailas un poco y te quitas la camisa; luego bailas con él y te besa en el cuello, ya que no le permites hacerlo en la boca; acaricia tus tetillas y después las mordisquea. Por último pasan a la recámara, donde lo penetras. Nunca tarda mucho en venirse. Después de tener relaciones sexuales, te paga, y tú también terminas haciendo lo mismo que otras veces: pasas a una tienda de ropa usada que está muy cerca, donde compras varias prendas: un suéter, dos playeras, una camisa, un pantalón.

15.

También por la mente de Ramón Villafuerte pasan la palabra y el concepto de ropa: sueña que compra en abundancia y se la prueba, sólo que en este caso no puede interpretar el sueño de manera literal, pues en su reciente viaje a Europa compró más ropa de la que podría necesitar. ¿Qué significará entonces el sueño? Le parece obvio que anuncia un cambio, pero ¿de qué tipo?, ¿algo de mal agüero? Quizá se va a morir pronto. Únicamente considera esta idea durante unos segundos y luego la descarta: lo más probable es que el sueño aluda a los cambios que va a haber en su vida cuando comience su nuevo programa televisivo.

16.

Margarita Rivera vive pegada a un tanque de oxígeno, y cuando tiene que salir a la calle lleva una especie de bombilla unida a un aparato portátil. Todo esto le parece sumamente incómodo, pero no se queja: nunca ha renegado de su suerte; ¿por qué habría de hacerlo ahora que ya está vieja? Acepta con sumisión el aparato de oxígeno y los tratamientos que debe seguir durante el día, como las inhalaciones y los medicamentos orales. Además del enfisema, padece de hipertensión y tiene el colesterol alto.

17.

No puede decirse que Ramón Villafuerte esté peleado con la tecnología: él mismo maneja sus cuentas de Twitter y Facebook, y contesta con relativa regularidad sus correos electrónicos, aunque a veces comete errores de neófito: en varias ocasiones, cuando ha recibido mensajes que no le interesan, ha dicho a quienes se los han enviado que no le llegaron, pretexto válido cuando la comunicación era postal y no ahora; y aunque su interlocutor pueda afirmar que eso ya no sucede, nadie lo mueve de su posición: "No me llegó: quién sabe qué habrá pasado".

Ramón Villafuerte usa, pues, la tecnología moderna, lo que no significa que la prefiera a otros medios de comunicación, como el teléfono fijo: es capaz de pasarse horas enteras en la sala de su casa conversando con sus amigos. Para él, nada sustituye a algunas virtudes de la telefonía, en la cual se incluye el celular: resulta imposible traducir por escrito el sonido de una risa ahogada o el leve temblor de la voz cuando hacemos una confesión íntima. Pero, como ya se dijo, Ramón tiene el privilegio de no perderse de nada.

18.

La vela es de regular tamaño; está encendida y la lleva un hombre común y corriente. Lo que sí es inusual es la información que recibe del hombre: cuando se consuma la vela, Margarita morirá. No sólo eso: también le dice que, al contrario de lo que ella cree, no hay vida después de la muerte. Margarita se pone muy triste, y se despierta. La sensación de desánimo persiste; la invade también una gran angustia, que dura unos minutos: puede soportar la idea de la muerte, pero no la de dejar de existir por completo; le parece algo inconcebible. Sólo se le ocurre combatir su desasosiego mediante la oración: le pide a Dios que su alma siga viviendo después de morir y reza varios padrenuestros y avemarías. Poco a poco se va tranquilizando.

19.

Ramón Villafuerte cumple cincuenta y nueve años. Lo celebra en grande con una fiesta a la que asisten todos sus amigos y muchos familiares. En esta ocasión, su cocinera prepara comida mexicana: pozole verde, chalupas, tostadas, tacos… Felipe contrata un mariachi y algunos de los asistentes cantan en grupos; luego Ramón interpreta como solista varias de sus canciones favoritas. La fiesta se prolonga hasta bien entrada la noche.

20.

Sales contento de trabajar: hoy ganaste más que otras noches. Estás un poco cansado, pues bailaste mucho. Te alejas un poco del antro donde trabajas para buscar un taxi, ya que los de ahí generalmente abusan con sus tarifas. Pasa un taxi; le haces la señal de que se pare, pero se sigue de largo. Viene otro, que sí se detiene a tu señal. Subes; pones el seguro; recargas la cabeza en el respaldo. Unas cuadras después, el taxista se para; quita el seguro. Tú le preguntas por qué se detiene, pero él no te contesta. Entra al taxi un hombre que estaba en la calle; saca rápidamente una pistola y te amaga. "Dame todo lo que traigas", te dice. Tú no te resistes y obedeces; le entregas tu cartera y el celular. El hombre revisa el contenido de tu cartera y le dice al taxista: "Hay que buscar un cajero". No tardan mucho en estacionarse ante un banco. El hombre te pide que te bajes y añade: "No vayas a hacer ninguna pendejada". Te entrega tu tarjeta y te sigue: "Saca todo lo que puedas", dice. Estás muy nervioso y temes equivocarte al marcar tu nip, pero lo haces con mucho cuidado y no pasa nada. Sacas el máximo permitido y se lo entregas al hombre, que continúa apuntándote. Te dice: "Tú aquí te quedas" y se sube al taxi. Tienes ganas de llorar y derramas unas cuantas lágrimas. El taxi se aleja. Tú ya no traes dinero, por lo que no puedes tomar otro taxi: tienes que caminar hasta tu casa. Afortunadamente no estás muy lejos. Lloras a ratos. Cuando llegas a tu casa, te das cuenta de que tu compañero de departamento está despierto. "¿Qué te pasó?", te pregunta al verte tan alterado. Tú le cuentas, llorando, lo que acaba de sucederte. Tu compañero de departamento te pregunta si te robaron también el celular. "Sí", le dices. "Qué chinga", dice él. "¿Y cómo le vas a hacer con los teléfonos de tus clientes?", pregunta él. Le contestas que por suerte guardas un respaldo de todos tus números. "Menos mal", remata él.

21.

Ramón se acerca a Felipe y empieza a acariciarlo. Hace tiempo que no tienen relaciones. A Ramón le parece extraño que Felipe tenga menos necesidades sexuales que él, ya que Felipe es ocho años menor. O quizás esa relativa indiferencia se debe al hecho de que llevan diez años juntos. No, no debe ser eso, pues Ramón sigue sintiendo el mismo deseo sexual. A lo mejor tienen que ver sus signos zodiacales. Ramón acaricia las tetillas de Felipe; luego las chupa. Es una de las cosas que Felipe prefiere. Sin embargo, esta vez no se excita: su pene sigue blando. Ramón, en cambio, tiene ya una erección. Después de unos minutos de acariciar a Felipe, Ramón deja de hacerlo, y se concentra ahora en él mismo: se masturba, y lleva la mano de Felipe a su culo. Felipe introduce un dedo en el ano de Ramón y éste no tarda mucho en venirse. Ramón toma un baño rápido para limpiarse el semen que cayó en su vientre. Luego regresa a la cama y le pregunta a Felipe si él, Ramón, ya no lo excita. Felipe contesta que sí, que claro, pero que hoy está muy cansado, pues ha tenido más trabajo que de costumbre.

22.

Margarita Rivera se siente cansada: es desesperante no poder respirar. Si pudiera elegir, preferiría padecer de algún dolor, que al menos calman los analgésicos, en lugar de esta sensación de ahogo que no le da tregua. Si tuviera la certeza de que existe vida después de la muerte, Margarita se suicidaría. No, ¿qué está pensando? Si acabara con su sufrimiento, su alma se condenaría. No parece haber ninguna solución para su estado, más que esperar la muerte con paciencia.

23.

Un retrato de Ramón Villafuerte no estaría completo si no se mencionaran dos de sus grandes aficiones. La primera tiene que ver con su casa, a la cual ha hecho infinidad de arreglos y remodelaciones, además de cambiar por completo su decoración. Ramón Villafuerte es afecto a los cambios: el más reciente es un amplio estudio que ha mandado construir en el jardín. Su otra gran afición es la lectura, que cultiva con pasión desde su adolescencia. Su género favorito es la novela negra, pero no le hace el feo a otro tipo de libros, incluidos los de autoayuda. Este interés lo ha llevado en ocasiones a participar, cuando no a formar, círculos de lectura.

24.

Margarita Rivera sueña que está en un teatro. Se representa una batalla en un barco, quizá con esclavos, quizás hay un motín. El barco es enorme y ocupa todo el escenario. De pronto, Margarita ya no está en su asiento, sino dentro del barco, y éste ya no se encuentra en el teatro, sino en altamar. Tiene mucho miedo. Es posible que la batalla sea con flechas, los contendientes empiezan a morir. Margarita escucha una voz que dice: "¿Alguna vez se han preguntado el verdadero significado de la palabra 'adiós'?". La misma voz responde: "Es la última palabra que podemos pronunciar antes de morir y significa 'voy a Dios'". En cuanto saben el significado de esta palabra los que están en el barco, se oye a muchos decirla. Es posible también que el barco vaya a hundirse. A Margarita todavía no le toca morir, por lo que es testigo de la muerte de muchos. Sin embargo, ya no tiene miedo: sabe que al morir su alma irá con Dios. Se despierta con una sensación de paz: es tal vez la respuesta que estaba esperando y no duda de que el mismo Dios la puso en su sueño para tranquilizarla.

25.

Ramón conoció a Felipe hace diez años en un bar. Ramón iba con unos amigos, y Felipe se le acercó y lo invitó a bailar. A Ramón le gustó Felipe, y aceptó. Felipe le dijo que lo conocía y que tenía mucho talento. Ramón le dio las gracias y le preguntó a qué se dedicaba. Felipe contestó que era actor, que había hecho pequeños papeles en algunas telenovelas. Cuando estaba a punto de terminar la canción, Felipe lo invitó a su casa. Ramón dudó un poco, pero accedió. Sin embargo, cuando fue a despedirse de sus amigos, le preguntó a uno de ellos si estaría bien que fuera con Felipe. Su amigo le contestó que sí, que lo conocía y que era buena onda.

A pesar de que Felipe le dio indicaciones al chofer de Ramón sobre cómo llegar a su casa, les costó trabajo dar con su domicilio, quizá porque Felipe estaba muy alcoholizado y se perdía por momentos. Cuando finalmente llegaron, Ramón despidió a su chofer y le dijo que le llamaba al día siguiente para que fuera por él. Ramón y Felipe entraron al departamento de éste, que a Ramón le pareció demasiado pequeño y modesto. Se besaron por primera vez: un beso largo que a Ramón lo empezó a excitar. Pasaron después a la recámara, donde se desvistieron. Cogieron: Ramón estaba muy excitado; Felipe, en cambio, tenía problemas para mantener la erección. Ramón lo atribuyó al exceso de alcohol.

Cuando Felipe se levantó de la cama para ir al baño, Ramón pudo ver sus nalgas: le pareció que tenía muchas estrías pequeñas, lo cual le desagradó un poco. Sin embargo, días después comprobó que se había tratado de una falsa percepción, debida quizás a la semipenumbra de la recámara: no eran estrías, sino vellos, y Felipe tenía unas nalgas bonitas y bien formadas.

Ramón casi no durmió esa noche: Felipe tenía un sueño inquieto y se movía mucho. Sucedió algo que incomodó un poco a Ramón: una de las veces que despertaron ambos, Felipe lo miró fijamente y le preguntó: "¿Quién eres?" Ramón le dijo su nombre y Felipe se quedó conforme con la respuesta. Ramón pensó después que la duda de Felipe tuvo dos causas: su borrachera y la oscuridad de la habitación en que se encontraban.

Por la mañana, Felipe se quejó de su cruda, que se calmó un poco con las dos cervezas que se tomó en el desayuno. Ramón lo invitó a la lectura de una obra de teatro que iba a producir y Felipe aceptó; incluso leyó los parlamentos de uno de los personajes. Prácticamente ya no se separaron desde ese momento.

26.

Salvador Álvarez tiene la impresión de estar muriéndose a pedazos: primero le cortaron el dedo de un pie; luego le amputaron el pie entero. Su diabetes está muy avanzada y él piensa con frecuencia en la muerte, que ve como un descanso. Es creyente pero no practicante: rara vez asiste a misa con su mujer, que sí tiene la costumbre. Fuera de sus tratamientos, Salvador lleva una vida tranquila desde hace unos años, cuando se retiró del trabajo. Consiguió ahorrar una considerable suma, que le permite vivir de los intereses. No gasta mucho y todos sus hijos ya se fueron de la casa para formar sus propias familias.

27.

Cuando conoció a Felipe, Ramón deseó inmediatamente que la relación con él durara mucho tiempo, quizá por una razón peregrina: le encontró parecido con uno de sus primos. Fue, pues, como si Felipe perteneciera ya a su familia. Ramón estaba en una mejor posición que Felipe y tenía muchos contactos con el medio televisivo, por lo que no dudó en ayudarlo. Lo primero que hizo fue darle una parte en la obra de teatro que iba a producir. Felipe era buen actor y se desempeñó con éxito en su papel. Luego, Ramón habló con directores de reparto de telenovelas, quienes aceptaron su recomendación.

La pareja sólo pasó una noche en el departamento de Felipe: desde el segundo día durmieron en la casa de Ramón, donde no tardó en instalarse Felipe. Sin embargo, éste conservó durante unos meses su departamento, quizá por precaución, en caso de que no funcionara bien la incipiente relación. Ramón lo trató muy bien y, aunque dormían juntos, casi desde el principio le dio una recámara para que tuviera cierta privacidad cuando lo necesitara.

28.

Elvira Reséndiz perdió a uno de sus hijos hace dos años. El muchacho murió en un accidente automovilístico, y Elvira comprobó lo que dice el vulgo acerca de la muerte de un hijo: es el dolor más grande que puede haber. Elvira ha estado inconsolable todo este tiempo, y no ha dejado de llorar. Sin embargo, cuando le detectaron la leucemia, hace unos meses, tuvo una especie de consuelo: la enfermedad la distrajo un poco, por decirlo así, del sufrimiento por su pérdida: los vómitos, los dolores, los tratamientos la situaron en un tiempo presente, y aunque no dejó de llorar a su hijo, los momentos de tristeza se espaciaron, como si la enfermedad le robara la energía que antes podía emplear en el llanto.

29.

No todo ha sido miel sobre hojuelas en la relación de Felipe y Ramón. Los primeros años, sobre todo, tuvieron muchas discusiones y pequeños pleitos, surgidos, podría decirse, de la misma convivencia. Sin embargo, no pesaban lo suficiente como para llevarlos a una ruptura definitiva. Encontraron una solución intermedia: darse "vacaciones", lo que consistía en una separación provisional para evaluar su situación. Felipe, entonces, abandonaba la casa de Ramón y se iba los días que duraran las "vacaciones" a un hotel o a la casa de un amigo; nunca pasaban éstas de quince días, o a lo sumo un mes, después de lo cual volvían a verse con gusto, y Felipe se instalaba de nuevo en casa de Ramón, y ambos se prometían limar asperezas.

Con el tiempo, se fueron espaciando las susodichas "vacaciones": la última vez que tuvieron unas fue hace dos años.

Ahora, cuando surge algún problema, lo resuelven discutiéndolo, y siempre llegan a un acuerdo.

30.

Cuando era joven, Elvira Reséndiz vio una película cuya protagonista padecía de leucemia. Su muerte le pareció envidiable y acaso elegante: sólo iba debilitándose en la cama de un hospital hasta que por fin perdía la vida. Elvira Reséndiz llegó a comentar varias veces que si pudiera escoger su muerte, ésta sería de leucemia. No obstante, ahora que sufre de este mal, se da cuenta de que es una enfermedad terrible, que no da tregua al que la padece. Sin embargo, le encuentra la ventaja antes mencionada: que la distrae un poco del dolor que siente por la ausencia de su hijo.

31.

Ramón Villafuerte está contento: aunque ya lo había previsto y "decretado", le da gusto comprobar el éxito de sus visualizaciones. Acaba de reunirse con los directivos de la cadena televisiva donde trabaja para ultimar detalles relacionados con el *reality* que va a producir y conducir, y la gente del canal aceptó todas las peticiones de Ramón, justo como él lo había imaginado. Tiene una sonrisa en los labios que no se borra. Para celebrarlo, decide invitar a comer a su madre y a Felipe a su restaurante favorito. Por esta ocasión, romperá su dieta.

32.

Juan Zárate lleva varios días con una diarrea que no cede. En vano ha tomado los medicamentos que en otras ocasiones le han recetado para estos casos: la diarrea es tan intensa que ha suspendido por completo sus visitas a los baños de vapor. Eso es lo que más le duele. El trabajo no es un problema, pues lo hace en su casa. Ha tomado electrolitos para no deshidratarse, pero ya está harto de pasarse buena parte del tiempo en el baño, por lo que decide ir a la clínica donde lo atienden del VIH. Sólo una cosa lo había detenido: el temor de que durante el trayecto tenga un acceso de diarrea y se cague encima, pero ya no puede más. Por suerte no tiene ningún accidente en el transporte que toma, pero al llegar a la clínica se ve obligado a pasar al baño. Después ve al médico que lo atiende casi siempre; le receta un nuevo medicamento, más potente, y el doctor lo advierte sobre los posibles efectos secundarios. Juan Zárate regresa a su casa sin sufrir ningún percance.

33.

Ramón Villafuerte tiene varias personas a su servicio: un asistente; una secretaria; un chofer, que es a la vez guardaespaldas; una recamarera y una cocinera. Éstas últimas viven en la casa de Ramón. Todos son eficientes y Ramón los considera necesarios, aunque también cumplen otra función: la de la compañía. Ramón Villafuerte no soporta la soledad. Además están, claro, su madre y Felipe. Ella se fue a vivir con Ramón cuando murió su esposo, hace dos años, y él siempre la consiente mucho. Aunque también quería a su padre, Ramón tuvo desde niño una marcada preferencia por su madre.

34.

Juan Zárate visita a sus padres después de varios días de no verlos. De hecho, sólo habló con ellos por teléfono durante el tiempo que tuvo diarrea, pues no quería tener que dar explicaciones si pasaba muchas veces al baño o si tardaba mucho dentro. Juan teme que puedan sospechar que padece sida, por lo que le dijo a su madre, una de las veces que le llamó, que tenía mucho trabajo. Ahora come con ellos. Su madre le dice que lo ve delgado y le aconseja que no se malpase y se alimente bien. La relación de Juan Zárate con el VIH es ambivalente: por una parte, les oculta a sus padres que lo tiene; por la otra, asume su condición sin tapujos no sólo ante sus amigos, sino también en las redes sociales que frecuenta.

35.

En ocasiones, Ramón Villafuerte se entretiene haciendo búsquedas en internet. Hoy, por ejemplo, entra a YouTube y ve las parejas de celebridades gays. No encuentra ninguna sorpresa y sí muchas ausencias; "Si supieran", piensa. Luego busca los gays famosos que han salido del clóset en España, en Francia, en Italia: ahí sí se lleva algunas sorpresas, aunque no puede decir que los conozca a todos. Por último busca los cantantes que son abiertamente gays. De varios ignoraba su existencia, y toma nota de ellos, para ver después sus videos. Pone un asterisco al lado de su nombre cuando le parecen guapos, y descubre que no son pocos. Algunos han surgido de programas de concursos, y más o menos los tiene bien identificados. Casi todos son muy jóvenes. Finalmente escucha las canciones de algunos: no les falta calidad a éstas, ni a los jóvenes talento. A Ramón Villafuerte le viene una especie de golpe de conciencia, que lo entristece: ya no es joven, y por más vitaminas, tratamientos y operaciones con que estimule su cuerpo, no se puede dar marcha atrás al tiempo. La sensación de nostalgia por la juventud perdida le dura un rato, hasta que llega de trabajar Felipe, quien lo distrae contándole algunos chismes de la telenovela que está grabando.

36.

Isaac Hurtado padece de angina y vive con miedo: en cualquier momento puede morir.

¿No nos sucede eso a todos? Quizá sí: nadie está a salvo de una muerte súbita, pero Isaac Hurtado piensa que su caso es diferente, pues puede decirse que muchas personas están en cierta forma preparadas mediante la agonía. Este miedo no se convirtió en angustia gracias a una conversación que tuvo con el primo de su mujer, que es sacerdote. Isaac le expresó sus temores y el sacerdote le aconsejó que se acercara a Dios y se pusiera en sus manos. En la misma ocasión, Isaac le pidió que lo confesara, a lo cual accedió el cura. Isaac le dijo que no creía tener pecados, ya que nunca le hacía daño a nadie deliberadamente. El sacerdote, que es de avanzada, estuvo de acuerdo con Isaac, y lo absolvió. Le dijo que comulgara, que no dejara de hacerlo, aunque no se confesara. Isaac encontró cierta paz después de la plática con el sacerdote, y desde entonces asiste a misa los domingos y comulga. Tiene la impresión de estar en un mayor contacto con Dios.

37.

Ramón Villafuerte se jacta en ocasiones de una de sus virtudes: la lealtad. Sin embargo, ha faltado a ella algunas veces, por lo menos en relación con Felipe, aunque no carece de justificaciones. La primera infidelidad de Ramón fue con Jorge, un muchacho que trabajaba en la misma empresa que él. Lo vio sólo dos o tres veces, pero guarda un agradable recuerdo de él. Ramón se dice que no cuenta mucho esta falta a la fidelidad porque fue cuando empezaba la relación con Felipe, antes de que establecieran los acuerdos que hacen la mayoría de las parejas. La segunda falta de Ramón fue mucho tiempo después, con Carlos, un joven actor que vivía en pareja con otro. Ramón cogió varias veces con él durante el fugaz romance que tuvieron, pero se dice que tampoco cuenta mucho, porque fue durante un periodo de "vacaciones" entre él y Felipe. Su conciencia está, pues, tranquila.

38.

Isaac Hurtado pasa todas las tardes escuchando música, pero curiosamente no oye las canciones que le gustan o le gustaban, sino las preferidas de sus padres. Esta actividad lo remonta a su niñez, la época favorita de su vida. Mientras escucha música, se siente en contacto con sus padres ya muertos, y tiene la impresión de que en esos momentos nada malo le puede pasar; incluso está a salvo de la muerte repentina. No vive una situación boyante como para comprar discos, por lo que le pide a su hija que baje las canciones de internet, fuente inagotable de música. A veces una canción remite a otra, y ésta a otra más, por lo que toma nota para que no se le olviden. De más está decir que esas horas son las que más disfruta del día.

39.

Ramón Villafuerte recibe una llamada que lo deja consterna-
do: anoche murió Francisco de un infarto masivo, por lo que
ya no pudo hacerse nada. Francisco era uno de sus mejores
amigos y, además, había sido su amante hace muchos años.
La primera reacción de Ramón es de incredulidad: hace poco
había hablado con él y nada anunciaba su muerte. Hasta ahora,
Ramón pensaba que la gente se moría cuando ya no tenía
nada que hacer, cuando su vida era un fracaso, pero ahora se
da cuenta de que no es cierto: Francisco estaba en su mejor
momento. Ramón le pide detalles sobre la muerte de Francisco
al amigo que le comunica la noticia, pero el amigo sólo sabe
el lugar en que lo van a velar y se lo dice a Ramón. Cuando
cuelga, Ramón empieza a hacer llamadas para darles la noticia
a los amigos que tienen, o tenían, en común Francisco y él.
Todos reaccionan de la misma manera que Ramón, sin poder
creerlo. Sólo uno comenta que Francisco era hipertenso y
tenía algo de sobrepeso; al parecer no se cuidaba.

Ramón Villafuerte va al velorio de Francisco. Ve el ca-
dáver: como todos, tiene el labio superior hinchado. Ramón
se pregunta si les inyectarán algo. La madre de Francisco se
levanta y va hacia el ataúd; la acompaña su hija. La madre
se queda mirando a Francisco unos segundos; luego dice: "No
es mi hijo, no es mi hijo". "Sí es, mamá", dice la hija. Ramón
pasa un buen rato en el velatorio. Está muy concurrido y la
gente no deja de llegar. Ramón conversa con algunos amigos
de él y Francisco. Varios comparten anécdotas.

40.

—Sácale la verga, Leonardo, y mámasela —te dice el director de la película. Tú obedeces. Tu compañero de escena tiene, como tú, la verga bien parada.

—Ahora mámasela tú, Javier —le dice a tu compañero.

Javier te gusta mucho. Habías tenido cierto temor de que te tocara un compañero feo, no porque no fuera a parársete la verga: afortunadamente la tienes bien entrenada para que reaccione en cualquier circunstancia, sino porque siempre es más agradable tener una excitación verdadera, por llamarla así. El director da la orden de corte, y luego les pide que se desvistan. Para la siguiente escena, van a pasar a la cama y a acariciarse un poco; después, Javier te chupará el culo. Acatan la petición del director.

—Qué rico —dices.

—Ahora tú haz lo mismo —dice el director.

Tanto Javier como tú siguen dócilmente las indicaciones del director. Tú adoptas dos roles, el activo y el pasivo, por lo que te pagarán el doble; Javier sólo es activo. Terminan el trabajo antes de lo pensado. Javier y tú intercambian sus números telefónicos para verse después, ya sin la presencia de otros y de la cámara.

41.

Ramón Villafuerte pasa dos o tres días en que no se siente muy bien: duerme poco y se despierta con frecuencia, casi no tiene apetito (él, que a veces hasta come de más), por momentos le duele la cabeza y tiene que tomar analgésicos; piensa muy seguido en su amigo muerto, y a este hecho atribuye sus ligeros achaques. Ramón Villafuerte se dice que si sigue así verá a su médico, aunque por el momento no hay motivo de alarma: la enfermedad como luto.

A Ramón le sucede también algo curioso: no ha podido llorar a Francisco. En dos o tres momentos, a solas, ha intentado provocarse el llanto, pero no ha tenido éxito. En cambio, experimenta hacia Francisco cierta animadversión, como si su muerte fuera una especie de traición. No le ha pasado esto con ninguna de las otras pérdidas que ha sufrido, pero quizá de Francisco esperaba que fueran envejeciendo juntos.

42.

Isaac Hurtado sueña a sus padres. Aún no están viejos, como antes de morir, por lo que deben tener la edad en que viajaban mucho y llevaban a Isaac, cuando éste todavía era estudiante. Junto con su infancia, es una de las épocas favoritas de su vida y la recuerda con alegría. Con sus padres, Isaac conoció diversas ciudades del país y algunas del extranjero. En el sueño, viaja con sus padres. Están en el sur de Estados Unidos, cerca de San Antonio, y tienen pensado llegar a Nueva Orleans, pero su padre nota que el dinero apenas les alcanzará si van allá, por lo que decide limitar el viaje a San

Antonio, donde incluso podrán hacer algunas compras. Es de noche y andan por la calle de una ciudad que Isaac no identifica. De pronto empieza a nevar. A Isaac le parece extraño, pues sabe que no cae nieve en esa zona de Estados Unidos, pero lo que más le sorprende es que no siente frío, a pesar de que sólo lo cubre una ligera chamarra. Isaac disfruta mucho de la nevada, pues siempre había tenido deseos de presenciar una.

43.

Ramón Villafuerte es católico, pero rara vez va a misa, y más rara vez aún, se confiesa y comulga. Sin embargo, cuando inicia un proyecto importante, manda decir una misa en el foro donde se realizará el programa. Por si esto fuera poco, se hace una limpia con el brujo que visita ocasionalmente; más vale estar cubierto por todos los frentes, piensa. Además, todas las noches hace una pequeña oración para pedir por sus seres queridos y agradecerle a Dios los bienes que le da en abundancia.

44.

Desde que asiste a misa y comulga regularmente, Isaac Hurtado vive con menos miedo. Sin embargo, ya casi no disfruta de nada. Le parece que su vida carece de sentido y a veces preferiría estar muerto; no morirse, lo que lo sigue atemorizando, sino estar ya muerto. Tiene la certeza de que su espíritu continuará viviendo, ahora en la contemplación divina, y eso le da mucha paz.

45.

Otra vez Ramón Villafuerte intenta tener relaciones sexuales con Felipe y otra vez se enfrenta a su indiferencia. Termina, como en la anterior ocasión, masturbándose, también con el dedo de Felipe en su culo. Ramón se pregunta si el pretexto que le dio Felipe, el cansancio por el trabajo, es verdadero. No quiere pensar en la posibilidad de que Felipe ande con otro, pero sí se le ocurre que puede masturbarse cuando está solo, lo que aplacaría sus deseos sexuales, aunque termina descartando esto último: Felipe casi no pasa tiempo a solas cuando está en la casa. Ramón finalmente se dice que el desgano de Felipe puede ser una etapa que luego pasará, por lo que no hay nada de qué preocuparse.

46.

Eva Preciado padece de cáncer cervicouterino. Desde que se lo detectaron y durante los tratamientos, no hace más que pensar en su enfermedad, como si fuera lo único que definiera su vida. Antes de eso y en su juventud le decían que era guapa, generosa, simpática, y realmente creía que poseía esas virtudes. Ahora no, ahora sólo se ve como una enferma, y piensa que la gente así la considera: únicamente despierta su lástima. Tiene la impresión de que si antes buscaban su compañía, desde que está enferma la evitan cuando pueden.

47.

Durante su infancia, Ramón Villafuerte siempre deseó vivir en la Ciudad de México. Muchas cosas de la ciudad le gustaban, pero la principal era que en ella abundaban los cines, y sus padres siempre le permitieron esa diversión. También, aunque con menos frecuencia, lo llevaban a los teatros de revista cuando viajaban a la ciudad: todo en ese espectáculo era color y alegría, y después de presenciar uno, él se quedaba con la sensación de haber tenido un sueño de felicidad, cuyo recuerdo se perpetuaba.

En su adolescencia, Ramón Villafuerte vio cumplirse su deseo de vivir en la Ciudad de México. A su padre le pareció que en donde vivían no había escuelas lo suficientemente buenas para la hermana menor de Ramón, por lo que decidió que toda la familia se mudara a dicha ciudad. Aunque no se lo dijera, siempre le agradeció Ramón ese cambio a su padre.

48.

Desde que se murió su marido, hace unos tres años, Eva Preciado vive modestamente. Tiene una pequeña casa y dos pensiones que apenas le alcanzan: la suya y la de su marido, y a menudo su hijo mayor le da algo de dinero. Sus hijos la visitan con frecuencia y ella se esmera, a pesar de su enfermedad, por atenderlos y prepararles sus platillos favoritos. Esos ratos pasados con ellos son lo que más alegría le dan a Eva. Sólo una cosa lamenta ella: que cuando muera, únicamente les dejará la casita donde vive, que no tiene gran valor. ¡Cómo quisiera tener más propiedades y dinero para recompensarlos por todo lo que le dan, sobre todo el mayor!

49.

Durante su niñez y su adolescencia, Ramón Villafuerte pensaba que sería actor, o quizá cantante, debido a la gran atracción que sentía por el mundo del espectáculo. No le faltaba talento, o eso creía: cantaba bien y sabía actuar. Con sus amigos, montaban obras de teatro, en ocasiones musicales, que luego representaban ante sus padres y otras personas, que con gusto pagaban su entrada. Varios años duró esta diversión, a la que Ramón se entregaba con entusiasmo. Sólo terminó cuando Ramón cambió su lugar de residencia, pues no encontró mucho eco entre sus nuevos amigos para esta actividad. Ramón la echó un poco en falta, pero las frecuentes idas al cine y nuevos intereses la compensaron.

50.

Juan Zárate se llena ahora de ronchas, quizá debido a los medicamentos que tomó para la diarrea, y otra vez deja de ver a sus padres durante unos días. Su madre le insiste, cuando ella le habla por teléfono, en que vaya a comer a la casa familiar, y él vuelve a esgrimir el pretexto del trabajo. Esta situación lo pone tenso y se pregunta si habrá llegado ya el momento de confesarles a sus padres la verdad sobre su salud. Siente que, en cierta forma, está siendo ingrato con ellos al ocultárselo: ellos, que siempre han sido tan generosos, que lo consienten preparándole lo que más le gusta cuando los visita, que incluso le dan dinero.

¿Qué pasaría si Juan Zárate se muriera ahora? Posiblemente en la clínica les dirían a sus padres la causa de su muerte. Y tal vez ellos no se lo perdonarían. ¿O qué sucedería si fuera víctima de una grave enfermedad oportunista? Hasta el momento se ha salvado de eso, pero es una posibilidad que debe tomar en cuenta.

51.

Quien viera ahora a Ramón Villafuerte podría pensar que en su vida todo ha sido paz y felicidad. Sin embargo, ese hipotético observador se equivocaría rotundamente: como todos, Ramón Villafuerte ha conocido periodos difíciles. Uno de ellos fue hace veinte años, cuando Ramón se volvió adicto a la cocaína. Varias virtudes le encontraba a esta sustancia, que le permitía trabajar incansablemente y, aun así, tener una intensa vida nocturna, llena de salidas y encuentros que entonces le parecían emocionantes. Pero cuando murió de una sobredosis un compañero de trabajo, Ramón se asustó mucho y decidió ponerle un hasta aquí a la droga. Investigó todo lo que pudo sobre las clínicas de rehabilitación que había, y finalmente se internó en una que se anunciaba en la cadena televisiva donde ya desde entonces trabajaba. Las instalaciones eran impecables y no desprovistas de comodidad e incluso lujos. Pero la cura de desintoxicación fue desagradable, por decir lo menos. Ramón se juró no recaer en la adicción, con tal de no volver a pasar por el infierno del síndrome de abstinencia, que duró no pocos días, y hasta ahora ha cumplido su promesa.

52.

Durante su infancia, Eva Preciado fue plenamente feliz. Sus padres la consentían mucho y todo el mundo le decía que era una niña muy bonita. En la escuela, sobresalía por sus buenas calificaciones, y en muchas ocasiones la eligieron para participar en bailables y como reina de la primavera. Pero esa etapa de dicha terminó pronto: cuando tenía trece años, murió su padre, que era policía, al enfrentarse a unos delincuentes que trataban de asaltar un supermercado. Su padre fue velado y sepultado con honores, y su madre recibió, además de un reconocimiento, una compensación económica, y luego una pensión, que no era suficiente para mantener a la familia, compuesta por cuatro hijos, además de la madre. Ésta decidió dejar la ciudad en que vivían para mudarse todos al entonces llamado Distrito Federal, donde le pareció que podría tener más oportunidades de trabajo; además, ahí residían varios parientes suyos. Eva conoció entonces lo que era vivir con limitaciones, y no dejó de lamentar la muerte de su padre.

53.

Ramón Villafuerte sueña con Úrsula, una muchacha con la que anduvo en su juventud, cuando aún no definía del todo su orientación sexual. Al contrario de lo que sucedió en la realidad, aquí es él quien termina con Úrsula, lo que la enfurece. Su rabia es tan grande que persigue a Ramón para golpearlo. Están en la calle y, como en una película, Ramón puede ver también a Úrsula manejando su coche mientras él camina rápidamente. Buscando refugio, Ramón se mete a un restaurante, pero Úrsula lo ve y lo alcanza. Aquí se interrumpe el sueño, que deja con un mal sabor de boca a Ramón.

54.

Alma Ramírez, por su parte, sueña que acompaña a su abuela a su casa. Caminan por oscuras y estrechas callejuelas, y la abuela, cuyo paso es inseguro, se apoya en el brazo de Alma. Llegan por fin a donde vive la abuela, un pequeño y feo cuarto de hotel en el que abundan los objetos y cajas amontonados. La abuela abre el cajón de una cómoda y saca varias joyas de gran valor. Se las da a Alma, quien se las agradece. La abuela toma una caja de cartón vacía, le quita las joyas a Alma y las pone en la caja; para protegerlas de la mirada ajena, coloca unos trapos viejos. Luego, Alma se da cuenta de que en donde están, se encuentran también un hombre joven y una mujer mayor, y piensa que su abuela quiere evitar que ellos vean las joyas. Alma se siente incómoda por la presencia de estas dos personas, sobre todo por la del hombre: teme que pueda atacarla y robarse las joyas. Ahora ya no están en el cuarto de la abuela, sino en un espacio más amplio, aunque igualmente desarreglado. Tiene una gran cama donde se recuesta la abuela. Alma mira a través del ventanal: se puede apreciar el Popocatépetl completamente nevado; el hotel tiene grandes jardines y está rodeado de bosques. Alma piensa que sería ideal para pasar unas vacaciones. Cuando despierta, Alma se pregunta cuál podrá ser el significado del sueño, sobre todo la parte de las joyas que le entrega su abuela, muerta hace muchos años: ¿quizá le da el regalo de la muerte?

55.

Ramón Villafuerte recibe una visita inesperada en su casa de Cuernavaca: se trata de Rogelio, un hombre con el que anduvo unas semanas cuando Rogelio era un jovencito. Ramón trata de calcular su edad: no ha de pasar de los cuarenta, aunque se ve mayor; quizá no le ha ido bien en la vida. Da la impresión de estar desaseado: tal vez lleva algunos días sin bañarse, y su ropa, aunque no se ve sucia, está arrugada, como si no se hubiera cambiado en un buen tiempo. Se rasca continuamente la cabeza, el sexo, por lo que Ramón piensa que puede tener piojo o pulgas. Ramón siente un poco de asco y teme que se pasen los animales a los muebles de la sala: cuando se vaya Rogelio hará que la sirvienta ponga insecticida por todas partes. Rogelio le dice que está ahí no sólo para saludarlo, sino también para ofrecerle un proyecto muy interesante y ambicioso: una película sobre la Malinche. Se le hace extraño que a nadie se le haya ocurrido llevarlo a cabo hasta la fecha, ya que la Malinche es la madre de todos los mexicanos. Añade que próximamente va a montar una oficina: ya solicitó un apoyo a una institución cultural y está seguro de que se lo van a dar. Por ahora vive en Tepoztlán, en una casita que le presta un amigo, y se gana la vida cantando en los camiones. Ramón se siente algo incómodo por la presencia de Rogelio y quisiera que ya se fuera, por lo que le miente y le dice que tiene que salir; agrega que no puede participar en su película porque tiene muchos proyectos personales, lo que es verdad. Rogelio se despide de Ramón con un abrazo, lo que deja a este último con una desagradable sensación, que se quitará con un baño y un cambio de ropa.

56.

Eleazar Santamaría tiene, en el cerebro, un tumor que no puede operarse, por el lugar en que se encuentra. Los médicos le dan unos cuantos meses de vida, lo que no lo angustia ni lo entristece: a sus treinta y ocho años, piensa que ha vivido lo suficiente: se ha enamorado varias veces, ha viajado a muchos lugares, ha trabajado en lo que le gusta. Lo único que lamenta es haber perdido cierta independencia, pues desde que empezó a sentirse mal dejó el departamento en que vivía para mudarse a la casa de sus padres. Afortunadamente éstos no lo abruman con atenciones, ni exteriorizan la preocupación que de seguro tienen. Lo que sí teme es la posibilidad de perder el movimiento o la vista, pero ha decidido no anticiparse a los hechos.

57.

Ramón Villafuerte sueña a Nadia, una de sus amigas actrices. Él la visita en la filmación de una película en la que ella trabaja. Nadia le dice que la espere un momento, que va a hablar con el director, pero ella se ve incómoda, como si no quisiera que Ramón se enterara del asunto que va a tratar. Comprensivo, Ramón le dice que vaya, y le da a entender que sabe qué va a pedirle al director: con esa lucidez que se tiene en los sueños, Ramón sabe que Nadia quiere ver el primer corte de la película, pues teme que en ella aparezcan algunas cicatrices de cirugías plásticas o imperfecciones de su rostro.

La preocupación de su amiga le provoca ternura. En otro momento filman algunas escenas, que ahora dirige una dramaturga: alguien entrevista a Nadia; ¿se tratará acaso de un documental? Ramón piensa que la dramaturga carece de experiencia en el cine, pues deja pasar algunos comentarios de Nadia que a él le parecen interesantes. De pronto él toma el control de la dirección y le pide a la dramaturga que participe en la conversación con Nadia. La dramaturga acepta y Ramón ve con gusto que el material que está filmando es muy bueno. Cuando se despierta, se promete hablarle pronto a su amiga, pues hace tiempo que no sabe nada de ella.

58.

Eleazar Santamaría se da cuenta de que actúa como si esperara algo, pero ¿qué?, ¿acaso la muerte? Pasa todo el día sentado frente al televisor, y no discrimina en la programación que elige; cualquier cosa lo entretiene: ve desde emisiones de concursos hasta telenovelas, a las que nunca pensó que podría agarrarles el gusto. Incluso a veces no se mueve del sillón ni para comer. Así transcurren los días, algo insípidos, pero no aburridos.

59.

Ramón Villafuerte se siente feliz por la proximidad de su programa televisivo. Trabaja con alegría en los preparativos.

La sensación es semejante al cosquilleo en el estómago que se experimenta al enamorarse. A Ramón le encantan todos los pasos del proceso: su trabajo es lo que más placer le produce. Qué desgracia ha de ser trabajar en algo que le disgusta a uno. A este respecto, recuerda una anécdota atribuida a Silvia Pinal: cuentan que cuando estaba ensayando una obra teatral se quejó con ella una de las actrices que también formaba parte del elenco; quizá le molestaba el horario de los ensayos o lo pesado de éstos. La Pinal, tras escucharla, simplemente le dijo: "Si no te gusta, ¿para qué te alquilas?". Y sí, la Pinal tenía razón: nadie debería trabajar en algo que no le interese.

60.

Aunque te da algo de flojera, decides visitar a tus padres, que viven en Guadalajara, pues hace mucho tiempo que no los ves. El camión hace sus buenas siete horas, pero como tomas una corrida nocturna, duermes la mayor parte del tiempo. Tu madre te recibe con grandes muestras de alegría; tu padre no está en la casa, ya salió a trabajar: tiene un puesto en un mercadito y lo verás cuando regrese. Tu madre te prepara el desayuno que tanto te gusta: carne de puerco en salsa verde con frijoles y virotes. Durante tu estancia de dos o tres días, verás a otros miembros de la familia, que no es pequeña. Tanto tus padres como otros familiares son muy conservadores, por lo que ignoran en qué trabajas. Cuando te llegan a preguntar qué haces, les dices que eres actor, lo que no es del todo una mentira.

61.

Últimamente Ramón piensa mucho en la muerte, no sólo por la índole de su próximo programa televisivo, sino también por el reciente deceso de su amigo Francisco. Pero no toma en cuenta la posibilidad de morirse pronto: simplemente se pregunta con curiosidad cómo será la muerte. No cree en el infierno, ni en el purgatorio, como en su infancia, pero sí en una vida posterior, en la que seremos una especie de ángeles, como asegura Cristo. Lo que no se imagina es cómo será esa vida: ¿veremos lo que seguirá sucediendo en el mundo? ¿Tendremos algún tipo de relación con los que continúen viviendo, por ejemplo, a través de los sueños? ¿Y cómo será el momento de morir? Está familiarizado con los libros de Elisabeth Kübler-Ross, quien estuvo en contacto con muchas personas que regresaron del más allá. Asegura ella que en ese momento nos reciben algunos de nuestros seres queridos que ya fallecieron o alguna figura religiosa en la cual creemos, como Jesús. A Ramón le parece plausible, o al menos es lo que quisiera creer.

62.

Fuera de su enfermedad, Juan Zárate no tiene mayores problemas; al contrario, puede decirse que se la pasa muy bien: su trabajo no le disgusta y ha recuperado su placentero hábito de ir a los baños de vapor. En su edad adulta, experimenta lo más parecido a la felicidad y valora la independencia de la cual goza. Es consciente de que muchas personas guardan recuerdos agradables de su infancia e incluso la consideran la época favorita de sus vidas; él no: en la primaria y en la secundaria, sufrió el acoso de sus compañeros, que lo extorsionaban: le pedían dinero o golosinas a cambio de no pegarle. Si bien no siempre pudo darles lo que le pedían, ya fuera porque antes se gastaba el dinero que llevaba o se comiera las golosinas, los compañeros que lo hostigaban nunca llegaron a golpearlo, aunque siempre vivió con miedo de que cumplieran sus amenazas. Sólo en la preparatoria se vio libre de ese trato, quizá porque la estudió en una escuela privada, o tal vez porque los muchachos tienen en esa etapa otros intereses.

63.

Esta vez es Felipe quien toma la iniciativa para tener relaciones con Ramón. Ya están acostados y Ramón lee un libro. Felipe le acaricia el pecho, primero suavemente; luego pellizca con algo de fuerza sus pezones. Ramón empieza a excitarse. Felipe le muerde un poco el cuello y después le mete la lengua en su oreja. Ramón adopta una actitud de pasividad, que luego rompe para sobar las nalgas de Felipe. Los dos ya tienen erecciones, pero prolongan un rato los escarceos previos al sexo. Se besan en la boca. Felipe le acaricia el culo a Ramón. Éste le mama la verga a Felipe, que responde haciendo lo mismo. "Méteme la verga", dice Ramón. Felipe toma el lubricante del buró y le unta abundantemente a Ramón. Felipe hunde un dedo en el culo de Ramón y hace movimientos para aflojarlo; después mete dos dedos. Ramón jadea. Felipe se pone un condón y por encima de éste algo de lubricante. Le mete a Ramón el glande de su verga. Ramón reprime un grito en el que se mezclan el placer y el dolor. Felipe mete un pedazo más de su verga. "Así, así", gime Ramón. Felipe termina de meterle la verga y la mueve acompasadamente. Ramón se masturba hasta que se viene. Felipe intenta hacer lo mismo, pero se tarda un poco más. Finalmente, se dan juntos una ducha rápida.

64.

Salvador Álvarez nunca tuvo mayor interés por el sexo, ni siquiera en su adolescencia, aunque tampoco pueda decirse que fuera asexual, o no del todo. Vivió la sexualidad como algo casi técnico: un requisito para la reproducción. Antes de casarse, siempre deseó tener hijos, y la vida le concedió tres. Disfrutó de la educación de ellos, que le dieron muchas satisfacciones. Ahora se pregunta si ya desde su juventud padecía de diabetes: acaso a eso se debía su desinterés por el sexo. O quizá simplemente hay personas así. El caso es que esa ausencia de deseo le ha permitido vivir en paz: ha visto cómo muchos hombres sufren de una obsesión por el sexo, lo que los lleva a la ruina económica y al fracaso de sus matrimonios. En cambio, él se salvó de esas calamidades y tuvo una vida sin sobresaltos, fuera de su enfermedad.

65.

La madre de Ramón Villafuerte se acerca a él discretamente, como si fuera a confesarle un secreto: se fija que no ande por ahí Felipe, ni nadie de la servidumbre. Le dice a Ramón que no se ha sentido bien, que ha andado muy cansada y mareada. Él le dice que vaya con el médico: hace mucho tiempo que no la revisa. Su madre se resiste y replica que no se siente bien como para salir. A Ramón le da risa su respuesta y le dice que precisamente por eso tiene que ver al médico, y agrega: ve a hablarle por teléfono para pedirle una cita. "No, ahorita no", dice la madre. Ramón insiste y abre el pequeño directorio en la página correspondiente. Luego marca el teléfono del doctor; responde su secretaria, con quien Ramón se identifica después de saludarla. La secretaria le da la cita para ese mismo día por la tarde. Como siempre, Ramón acompaña a su madre. El médico la revisa, le toma la presión, la pesa, escucha su corazón con el estetoscopio, y dice después que al parecer está bien: sólo hace falta ajustarle la dosis de los medicamentos que toma. La madre de Ramón le dice sonriendo al médico que ya se siente mejor. "Qué bueno", dice el médico, y añade que no deje pasar mucho tiempo entre una cita y otra.

66.

Eleazar Santamaría piensa mucho en su infancia: recuerda episodios agradables y uno que otro penoso, como ciertas enfermedades. Las imágenes son nítidas, como nunca. Se pregunta si acaso estos pensamientos son un indicio de que su muerte está cerca, pues antes su mente no se ocupaba de esa época de su vida. Bueno, es obvio que va a morirse pronto: cualquiera con dos dedos de frente llegaría a esa conclusión. Lo que no sabe es si los recuerdos de su infancia son una especie de señales al respecto.

67.

Ramón Villafuerte pasa a ver a su compositor de cabecera: las dos canciones que le encargó están casi listas y se las interpreta al piano. Ramón se muestra complacido: es exactamente lo que esperaba, le dice. Luego, el compositor toca dos fragmentos de la música incidental que Ramón le pidió. La reacción de éste es también de entusiasmo. Ramón sale contento del estudio del músico. Con emoción, siente ya la cercanía de su programa televisivo.

DOS

1.

—¿Y ahora?

—Ahora viene lo bueno.

—Ay, sí, ay, sí.

—Bueno, se revela una pequeña sorpresa.

—Me muero de impaciencia.

—Tampoco te burles.

—Habla, pues.

—Se revelan el nombre y el contenido del programa de Ramón Villafuerte.

—¿También lo vas a mencionar siempre que hables de él con su nombre completo, como el narrador?

—Sí, es un criterio que ya se estableció.

—Estoy esperando.

—Bueno, el programa se llama *Muérete y gana*.

—¡Sopas!

—Todos los concursantes son enfermos desahuciados y el que gana el reality es el que se muera primero: dos millones de pesos.

—¿Y de qué le va a servir la lana al difunto?

—El dinero no será obviamente para él, sino para su familia, o para un beneficiario que él o ella nombre.

—…

—Cada semana habrá concursos entre los participantes, quienes podrán llevarse, así, otros premios menores. Y cada semana, también, el equipo de producción presentará pequeños reportajes sobre las terapias, los tratamientos, las visitas al médico, etcétera.

—Pues se me hace un poco morbosón. O un mucho.

—Claro, pero ¿qué reality no apela a la curiosidad del televidente? Una curiosidad a veces malsana, estarás de acuerdo.

—Ajá.

—Siempre nos interesa ver las cosas que les pasan a los demás, sobre todo si esas cosas son desagradables: ¡uf!, ¡qué bueno que eso no me sucedió a mí! De eso viven los noticieros. Y las series policiacas. Y buena parte de la televisión y del cine, por no hablar del teatro y la literatura. El arte se alimenta de las desgracias ajenas. Y no sólo el arte… Lo que les sucede a los otros siempre ha sido un espectáculo. Recuerda cómo se congregaban las multitudes en las ejecuciones.

—¿Cómo lo voy a recordar si a mí no me tocó vivirlo?

—Bueno, pues, pero algo habrás leído, o te habrán contado tus profesores de historia. ¿Y qué me dices de las canciones de gesta? Los pasajes de las batallas se narran con una gran complacencia: los anónimos autores describen pormenorizadamente cómo truenan los huesos y cómo brota la sangre de los heridos.

—Admito que tienes algo de razón.

—Qué bueno. Si no, quedarías como un inculto.

2.

Las convocatorias para *Muérete y gana* aparecen en todos los periódicos y en los canales de la cadena televisiva donde trabaja Ramón Villafuerte. Anuncian así el reality: "*Muérete y gana*. Sé generoso y deja una sustanciosa herencia a tus seres queridos. Inscríbete si tienes un pie en el más allá y dales un bonito recuerdo a los que se quedan". Desde antes de iniciarse, el programa es criticado severamente en los canales de otras televisoras y en otros medios informativos. Lo califican de morboso y de pretender lucrar con el infortunio de los demás. Sin embargo, eso no impide que la respuesta del público sea entusiasta: numerosas personas acuden a tratar de inscribirse, aunque no todos son candidatos idóneos: están, por ejemplo, aquellos cuya enfermedad no es tan grave y únicamente van tras sus quince minutos de fama: ésos son descartados a las primeras de cambio y no pasan a las siguientes eliminatorias.

—Y los personajes de la primera parte, ¿cómo se enteran?

—Casi todos ven el anuncio en la televisión.

—Pues qué ánimos de pensar en inscribirse, tomando en cuenta sus dolencias.

—Bueno, todos consideran la posibilidad de ganar para dejarles una buena suma a sus seres queridos, como Eva Preciado. Incluso aquellos que gozan de una buena posición económica, como Salvador Álvarez, quieren acrecentar lo que tienen para dárselo a sus hijos, o, bueno, a sus padres, o a quien sea.

3.

Ramón Villafuerte sueña que va al estreno de una obra teatral en compañía de su madre, su abuela y su hermana.

—Puras mujeres.

—Así es: toda su vida ha estado muy apegado a ellas. Y, bueno, su sueño no tendría por qué ser la excepción. Está con ellas de pie ante esa especie de bardita que tienen todos los teatros y cines. Aunque la función no ha comenzado, en la parte derecha del escenario hay unos malabaristas. Algunos actores pasan por donde se encuentran Ramón y su familia, y se dirigen al vestíbulo. Las mujeres llevan un vestuario muy colorido. El teatro está lleno y a Ramón le preocupa que no haya lugares para que se sienten sus acompañantes, sobre todo su abuela, que se cansa muy fácilmente. Entonces, baja las escaleras para buscar asientos, lo que le cuesta cierto trabajo, pues el teatro está casi lleno. Finalmente da con unos lugares desocupados, aunque un cuate está ahí, como apartándolos. Ramón le pregunta si puede ocuparlos y el cuate le dice que sí, pero Ramón advierte que hay una especie de pantalla negra que impide ver el escenario. Se lo comenta al cuate, y éste le dice que luego van a quitarla. Ramón sigue bajando las escaleras y llega a unos asientos que están muy cerca del escenario;

se sienta en uno de ellos, junto a un muchacho. Éste, discretamente, le acaricia la verga a Ramón y se le empieza a parar; Ramón disfruta mucho de esos escarceos semiclandestinos y también le soba suavemente la verga. Se despierta con una potente erección, y se acaricia todavía unos minutos la verga.

—Qué sueño tan chistoso. ¿Qué querrá decir?

—Es obvio que se relaciona con el programa de Ramón Villafuerte: el teatro es un espectáculo y el reality también, y el hecho de que vaya en el sueño a un estreno tiene que ver con el próximo inicio de su programa.

—Ya lo sabía: nomás te estaba probando para ver qué me decías.

—Ay, sí, cómo no.

—Como tú dices, es obvio.

4.

Elvira Reséndiz tiene un acceso de vómito, que dura varios minutos. Incluso cuando ya está vacío su estómago, se siguen produciendo los movimientos de contracción; suda y teme que pueda darle un infarto, pues en algún lado leyó, o alguien le dijo, que el sudor era también uno de los síntomas de los paros cardiacos, pero afortunadamente no pasa nada y luego desaparece el deseo de vomitar. Al día siguiente le duele el estómago cuando tose o cuando hace algún movimiento violento, como cuando era joven y practicaba algún deporte o se ejercitaba.

5.

Eleazar Santamaría ve el anuncio del reality *Muérete y gana* en la televisión y les dice a sus padres que se va a inscribir. Ellos se oponen, aduciendo que puede agravarse su estado, y le dicen que no es necesario, que les basta con lo que tienen para irla pasando. Sin embargo, Eleazar insiste y les dice que es una manera de recompensarlos por sus atenciones y que no les caería mal un dinero extra. Como su madre todavía maneja, le pide que lo lleve a inscribirse; ella sigue negándose, pero él le dice que si no, tomará un taxi para ir a la dirección que mencionan en los anuncios. Finalmente, la madre de Eleazar accede.

6.

—¿Te acuerdas de Juan Zárate?
  —¿El que tiene sida?
  —Sí.
  —Claro.
  —Bueno, pues él se entera del reality *Muérete y gana* por un publirreportaje que ve en una de las redes sociales que frecuenta.
  —O sea que los del programa no dejaron ningún frente sin cubrir.
  —Así es. Incluso los que no ven televisión ni leen periódicos, como la mayoría de los jóvenes, tienen acceso a esa información.

—¿Pues cuántos años tiene Juan Zárate?

—Treinta y tantos.

—Ya no se cuece al primer hervor.

—No, pero de todas maneras pertenece a una generación familiarizada con las computadoras y las redes sociales; una generación que si lee periódicos, lo hace en internet.

—Eso sí.

—Y Juan Zárate piensa que si gana el reality podrá dejarles a sus padres los dos milloncejos que dan de premio.

—Puros buenos hijos…

—Y buenos padres. Pero no se te olvide que estamos hablando de los seleccionados para el reality, que son los protagonistas de este asunto, aunque hay otros que pretenden dejarles el dinero a sus amigos. Y de todas maneras, para entrar a este concurso se necesita un espíritu altruista.

—¿Y les dice Juan Zárate a sus padres que se va a inscribir?

—Todavía no. Piensa hacerlo cuando ya sea inevitable y comience el programa, si lo seleccionan. Por ahora sólo nosotros sabemos que va a participar en el reality.

7.

—Y de Alma Ramírez, ¿te acuerdas?

—Sí. Me acuerdo de todos, ¿eh? Así que no tienes por qué preguntarme a cada rato si recuerdo a los personajes, a menos que lo hagas para el lector.

—No. Confío en la buena memoria del respetable.

—Está bien.

—Bueno, pues a Alma Ramírez le gustaría ganar el reality *Muérete y gana* en parte para dejarles el dinero a sus hijos, pero sobre todo piensa en su marido, por dos razones que él ignora: la primera, porque nunca lo quiso lo suficiente; y la segunda, por haberle sido infiel: dejarle esa especie de compensación la haría sentir menos culpable.

—Cómo no: cualquiera se sacude las culpas de esa manera.

Ella, al contrario de Juan Zárate, habla con su marido y sus hijos sobre el reality, cuyo anuncio vio en la televisión. En un principio reaccionan oponiéndose, como los padres de Eleazar Santamaría, pero al igual que éstos, terminan aceptando ante la insistencia de Alma. Es su marido el que la lleva a inscribirse. Por su parte, Margarita Rivera piensa que su muerte tendría algún sentido si ganara el mencionado reality: su esposo podría vivir con mayor holgura y él se encargaría de repartirles también algo de dinero a sus hijos. Es su hija quien la lleva a las instalaciones de la cadena televisiva donde se realizan las inscripciones. La salida la deja muy cansada y pasa el resto del día reposando en la cama.

8.

—¿Habrá algo de hipocresía en las reacciones de los familiares de los personajes?

—¿Por qué?

—Todos se oponen en un principio a que los personajes se inscriban en *Muérete y gana*, pero terminan cediendo. Si realmente no les importara el dinero, no cambiarían de actitud.

—Pero quizás al final aceptan porque se dan cuenta de que los personajes van a inscribirse de todas maneras.

—Pues yo tengo mis sospechas.

—…

—En fin. Pues así sucede con los personajes que no había mencionado: todos sus familiares terminan accediendo y llevándolos o acompañándolos a inscribirse, salvo, claro, en el caso de Juan Zárate, cuyos padres no saben nada aún. Y para algunos de ellos la idea de la muerte se vuelve más tolerable, como en el caso de Margarita Rivera y algunos otros. Obviamente todos se alegran mucho cuando les notifican que han sido seleccionados.

9.

Falta una semana para que empiecen las transmisiones de *Muérete y gana*. Ramón Villafuerte está muy emocionado y quisiera que el tiempo pasara volando. El foro donde se realizará el programa ya está listo, y ahí Ramón manda decir una misa, a la que asisten también su madre, Felipe, todo el equipo técnico y de producción del programa, así como los personajes que concursarán en el reality. Entre éstos no falta quien le pida a Dios que le permita vivir hasta que comience el programa. Después de la misa, Ramón Villafuerte conoce a los personajes y platica brevemente con cada uno de ellos. Ramón, con su humor de siempre, incluso les arranca algunas sonrisas al bromear con ellos.

10.

Todos los personajes participantes en *Muérete y gana* van a vivir en una casa mientras dure su permanencia en el programa. A Alma Ramírez le preocupa algo: si podrá conciliar el sueño, pues prácticamente nunca ha dormido sola. Es cierto que ha pasado la noche sin su marido varias veces, como cuando ha visitado a sus padres, pero nunca ha estado entre puros desconocidos. Bueno, piensa, en última instancia podrá pedirle un somnífero al médico que estará de planta en las instalaciones del reality. Se queda más tranquila.

11.

El momento que temía Juan Zárate ha llegado: ahora sí tendrá que confesarles a sus padres que tiene sida. Primero piensa en decírselo por teléfono, pero luego cambia de opinión y va a visitarlos. Primero les comunica que va a participar en *Muérete y gana*, y les da algunos detalles sobre el reality. Sus padres lo miran extrañados. Luego les dice que es seropositivo: no se atreve a mencionar la palabra "sida". Pero sus padres ignoran el significado del primer término y Juan tiene que ser más explícito: bueno, pues tiene sida. Se produce un gran silencio después de la confesión y luego su madre se suelta a llorar; su padre sigue sin reaccionar y Juan corre a abrazar a su madre. "¿Por qué no nos habías dicho nada?", pregunta el padre. "No quería preocuparlos", contesta Juan. "Pero somos tu familia, no dos extraños", dice el padre. "Sí, perdón por habérselos ocultado". Después de unos minutos, la madre de Juan se repone un poco y le pregunta: "¿Estás bajo tratamiento?". "Sí, mamá". "¿Y has mejorado?". "Sí, un poco". "Yo te veo muy flaco". "Pues nunca he subido de peso". "¿Y entonces por qué quieres estar en ese programa?". "Pues… uno nunca sabe. Pensé que si me moría, quería dejarles el dinero del programa para pagarles todo lo que han hecho por mí". La madre de Juan vuelve a soltar el llanto, pero esta vez tarda menos en consolarse.

12.

Los personajes que poseen dinero o propiedades ya tienen sus documentos en regla desde hace tiempo, por lo que en ese sentido están en paz.

13.

El domingo por la noche es la llegada de los personajes a la casa que ocuparán durante su permanencia en el programa

Muérete y gana. Alma Ramírez se lleva la sorpresa de que va a compartir su cuarto, lo que por una parte la tranquiliza: al menos no estará sola, aunque por otra parte piensa que puede ser incómodo dormir con una desconocida. Desde que llegan los personajes a la casa, todas las cámaras captan sus menores movimientos: los únicos espacios libres de ellas son los baños. Todos los personajes se sienten un tanto inquietos ante este hecho, pero la mayoría piensa que ya se acostumbrarán, como también se han de hacer a la idea de compartir su habitación con un desconocido. Así como les tienen asignadas las recámaras que van a ocupar, también en el comedor hay un lugar específico para cada uno, por una razón: varios de ellos siguen un régimen alimenticio que les han recomendado sus médicos. Durante esa primera cena, tienen la oportunidad de conocer a otros compañeros, por lo menos los que les tocan a cada lado de su sitio en la mesa.

—Oye, no has hablado de Leonardo.

—Ah, es que Leonardo no está enfermo, ni aparecerá en *Muérete y gana.*

—¿Y entonces?

—No comas ansias: ya saldrá a su debido tiempo.

—Bueno, síguele.

—Ok. Estamos en la primera cena de los personajes. A Juan Zárate le toca sentarse a la mesa con Elvira Reséndiz, y lo comento porque Juan pasa por una situación un tanto difícil cuando Elvira le pregunta cuál es la enfermedad que lo llevó ahí. Juan duda entre decírselo a Elvira o no, pues lo avergüenza un poco confesar que tiene sida, pero sabe que tarde o temprano todos se enterarán, y le responde que tiene VIH, lo que le parece una especie de eufemismo para la palabra "sida". Elvira Reséndiz no pide más explicaciones: quizá su propia enfermedad la vuelve comprensiva y sensible ante los males ajenos. Sin que Juan se lo pregunte, ella le dice que tiene leucemia y le da algunos detalles sobre su padecimiento. Los otros personajes también conversan con sus vecinos de mesa y la cena transcurre en un ambiente de camaradería. Durante la noche, no todos consiguen dormir bien, pues algunos extrañan su cama, o su baño, o sus cosas, o todo eso; pero hay otros que tienen el sueño asegurado, ya sea porque toman tranquilizantes o bien porque algunos de sus medicamentos les provocan somnolencia. Y a otros más no les afecta pasar la noche fuera de su casa. No falta quien se siente incómodo ante la idea de que haya cámaras funcionando en los cuartos. A la mañana siguiente, todos vuelven a reunirse en el comedor para desayunar. Los tres alimentos se sirven con horarios fijados de antemano. Como los personajes ya entraron en contacto con sus compañeros de lugar, se sienten más en confianza.

14.

—Ramón Villafuerte duerme mal o, mejor dicho, duerme poco: siempre que trae entre manos un proyecto que le interesa mucho, como en este caso, el entusiasmo lo despierta varias veces durante la noche y se levanta mucho más temprano, como si la cama lo rechazara.

—¿Y qué hace?, ¿toma somníferos?

—No. Se pone a trabajar y en la noche se acuesta antes de lo acostumbrado; además toma pequeñas siestas durante el día: casi siempre le bastan unos minutos para recuperar la energía. El lunes en la mañana, Ramón Villafuerte visita a los personajes para darles la bienvenida a la casa de *Muérete y gana*. Todos están más relajados que la tarde anterior, cuando no conocían a nadie. Ramón Villafuerte les propone una especie de dinámica en la que primero se presenta él y luego les pide que hagan lo mismo, que digan brevemente su nombre, su profesión, algunos datos sobre su familia y la enfermedad que padecen. Después conversan durante un rato sobre otros temas. Ramón Villafuerte sale contento de la reunión y luego se va a su oficina para arreglar algunos pendientes.

—¿Y en qué se entretienen los susodichos personajes durante el día? Son muchas horas las que tienen que pasar ahí encerrados.

—La mayoría ve televisión: hay tres aparatos en la casa; otros escuchan música, y los menos, leen. No falta quien consulte sus correos electrónicos o navegue por internet. Además, y al contrario de otros *realities*, nuestros personajes no tienen prohibidas las visitas y vienen a verlos una vez por semana sus familiares o amigos cercanos.

—Pues no se la pasan mal: hasta parece que están de vacaciones.

—Bueno, pero no se te olvide que todos están enfermos, y muchos de ellos tienen molestias.

—Pues sí.

—Y a propósito de molestias, al día siguiente, a todos les sacan sangre para hacerles análisis. Aparte de eso, algunos van a ver a sus médicos o a las clínicas donde los atienden, durante la semana, siempre seguidos por una cámara para grabar las consultas. El estado de todos es estable. Al principio, el tiempo se les hace eterno a los personajes por el encierro, pero a medida que transcurren los días, se van acostumbrando, quizá porque también van entrando en confianza con sus compañeros y estableciendo relaciones.

15.

Llega el día tan esperado por Ramón Villafuerte, el domingo, aunque los anteriores no están exentos de entusiasmo. Se inician las transmisiones en vivo de *Muérete y gana*. Lo primero que hacen es presentar a los personajes con sus debidas dolencias: Alma Ramírez, con metástasis de cáncer; Juan Zárate, con VIH; Margarita Rivera, con EPOC; Salvador Álvarez, con diabetes; Elvira Reséndiz, con leucemia; Isaac Hurtado, con angina; Eva Preciado, con cáncer cervicouterino; Eleazar Santamaría, con tumor cerebral. También dan algunos datos de cada uno, como la edad; la profesión, aunque muchos de ellos han interrumpido su ejercicio por la enfermedad; los miembros de su familia y sus aficiones. Ramón Villafuerte explica en qué consiste el concurso de *Muérete y gana*, y le pide al público que mande por Whatsapp sus comentarios y sugerencias. Luego se estrena una canción,

"Vivir así", cuyos primeros versos son "Vivir / Así no tiene ningún chiste. / Parezco / Un pajarito sin alpiste...". La interpreta uno de los cantantes más famosos del momento y el nutrido aplauso del público presente no se hace esperar. En seguida presentan el caso de Elvira Reséndiz, que padece, como ya se dijo, de leucemia, de la cual dan algunos datos, como en qué consiste la enfermedad, cuáles son sus síntomas y qué tratamientos se emplean para tratar de curarla o controlarla. En esta especie de reportaje, las cámaras acompañan a Elvira Reséndiz en una de sus sesiones de quimioterapia. Para no caer en la monotonía, en esta emisión sólo se ofrecen a la audiencia dos casos, el ya mencionado y el de Eleazar Santamaría, que, como ya sabes, tiene un tumor en el cerebro. Como el tratamiento de Eleazar es oral, las cámaras lo muestran ingiriendo varias pastillas. Ramón Villafuerte agradece a los espectadores los mensajes que han estado enviando y lee algunos; luego anuncia que el programa ya se convirtió en *trending topic*. Hay otra intervención musical, ahora de un reconocido grupo. Ramón Villafuerte cierra el programa con más palabras de agradecimiento al público.

16.

Juan Zárate vuelve a experimentar algo que hacía mucho tiempo no le sucedía: se enamora, esta vez de Eleazar Santamaría. Le gustan sus negros ojos; le encantan su boca y su sonrisa, su trato amable y respetuoso, su voz grave y profunda.

Aunque sus preferencias se inclinan por los muy jóvenes, no le importa en este caso que Eleazar sea más o menos de su edad. Se pregunta si el enamoramiento surgió de la continua convivencia y si existe la posibilidad de que su interés sea correspondido; quizá sí, a la larga. Por lo pronto, le basta con masturbarse en el baño pensando en él, lo que hace con relativa frecuencia.

—¿Y cómo se lleva con los demás habitantes de la casa?

—En general bien, aunque se da cuenta de que Salvador Álvarez lo ve con un ligero desprecio, debido quizás a la homofobia, un sentimiento del que tal vez incluso el mismo Salvador no es consciente. De los demás personajes, Juan Zárate siente una especial simpatía por Alma Ramírez y cree que es correspondido, pues Alma lo busca mucho para platicar, no sólo de sus dolencias.

17.

—Hay un ligero conflicto en la casa de los personajes.

—¿Se pelean entre ellos?

—No: los productores descubren que Margarita Rivera casi no está comiendo, y les parece que hace trampa para adelantar su muerte y ganar el concurso. Hablan con ella y le preguntan si es verdad, como sospechan, que se abstiene de comer para que se deteriore su salud, pero ella lo niega y dice que casi no tiene apetito, por lo que los productores la llevan con el médico que está de guardia en la casa. El doctor le da a Margarita un medicamento para estimular su apetito, con lo que el problema queda zanjado.

18.

Salvador Álvarez no sólo mira con recelo a Juan Zárate: ninguno de los habitantes de la casa parece caerle bien. Quizá lo que sucede es que Salvador es lo que se conoce vulgarmente como un viejo cascarrabias: no conversa con nadie, protesta por la comida, pasa casi todo el tiempo aislado. Los demás personajes, que en un momento trataban de hacerle plática, terminan desistiendo y deciden que sea él quien los busque si así lo desea, cosa que no sucede.

19.

Eva Preciado platica con Elvira Reséndiz. Le cuenta que el cáncer le ha traído muchos cambios a su vida, no todos negativos. Una de las cosas buenas que le ha dado es que ahora vive cada día conforme va presentándose: ya no piensa, como antes, en el futuro. Reconoce que le ha ayudado mucho asistir a un grupo de apoyo, del que por ahora se ha ausentado, debido al reality en que participan, pero en cuanto éste termine, si está con vida, piensa regresar, y se lo recomienda a Elvira Reséndiz, quien le asegura que no echará en saco roto su consejo.

20.

Alma Ramírez conversa con Juan Zárate. Le pregunta qué es lo que más extraña de su vida anterior a la entrada en la casa de *Muérete y gana*. Él no sabe qué contestar, no porque ignore qué es lo que más le gustaba: echa de menos sus visitas a los baños de vapor, pero eso no puede confiárselo a Alma. Para salir del paso, responde algo de lo que también disfrutaba: sus largas caminatas por el centro de la ciudad, donde iba, entre otros sitios, a los cafés y a las librerías de viejo. Ahora él le pregunta a Alma cuál era su actividad favorita y ella le dice que antes de enfermarse también acostumbraba caminar, y piensa en Alberto, su examante, a quien no deja de extrañar, pero obviamente no lo menciona; prefiere decir que echa en falta a su familia, aunque en realidad piensa más en sus hijos que en su marido. No importa que la conversación entre Alma y Juan esté basada en secretos y omisiones; lo que cuenta es el contacto verbal, que va formando un vínculo de confianza.

21.

Isaac Hurtado se siente mal: suda, le duele el pecho, tiene palpitaciones, se le dificulta respirar. Sabe que hay un médico de guardia en la casa donde vive ahora, pero decide no verlo, no para esperar a que pase su malestar, sino para lo contrario: quizá le llegó el momento de morir y está bien: así ganará el reality en el que participa. Pasan los minutos, que se le hacen eternos; empieza a ponerse nervioso. Pronto, el nerviosismo se convierte en angustia. No, no quiere morirse, por lo menos no ahora, no así. Opta por ir al pequeño consultorio. El médico lo recibe amablemente y le pregunta qué le pasa; él le dice sus síntomas. El médico le dice que se calme y confíe, que está en buenas manos. Le toma la presión, que está un poco alta. Le hace un electrocardiograma. Le dice que su corazón está un poco mal, pero no le da mayores explicaciones. Le dice que van a tener que ir al hospital y pide una ambulancia. Isaac Hurtado se tranquiliza un poco: al menos van a hacer todo lo posible por salvar su vida. La ambulancia llega pronto y pronto están en el hospital, que afortunadamente queda muy cerca. Internan a Isaac Hurtado y el médico que lo acompaña pide que llamen al cardiólogo, quien no tarda en llegar. El doctor le dice al cardiólogo los síntomas de Isaac Hurtado, quien además está hiperventilándose; el cardiólogo le hace nuevos exámenes. Al parecer su estado no es grave y le dan un tratamiento intravenoso. El cardiólogo les explica que, por precaución, es mejor que Isaac Hurtado pase la noche en el hospital. Isaac termina de tranquilizarse, y las palpitaciones y el sudor desaparecen. El médico de la casa se va y el cardió-logo hace ocasionales visitas a Isaac. De más está decir, pero lo digo, que todos los movimientos de Isaac son registrados por las cámaras. Lo único que guarda para sí mismo son sus pensamientos y, a este respecto, reflexiona sobre lo que aca-ba de sucederle: se da cuenta de que en realidad uno nunca está preparado para la muerte, por más que algunos digan lo contrario. Al día siguiente, sale del hospital con la cola entre las patas: piensa que en realidad no fue necesario alarmar a los médicos con lo que más bien fue un ataque de pánico; podría haberse esperado a que sus síntomas se fueran solos.

—Claro, si no fuera tan cobarde.

—No lo juzgues.

—No lo estoy juzgando: eso es lo que piensa él. En fin. En la casa de *Muérete y gana* sus compañeros lo reciben con gusto, quizá no por la legítima razón de verlo llegar sano y salvo, sino porque si se hubiera muerto, todos los demás habrían perdido la oportunidad de ganar el concurso.

22.

Isaac Hurtado se equivoca al pensar que nadie está preparado para la muerte: varios de los personajes incluso la desean, sobre todo las mujeres, que suelen ser más valientes para estas cuestiones.

—¿Será, tú?

—Claro.

—¿No estarás siendo víctima de cierto feminismo? Estás viendo a las mujeres como más altruistas e incluso más sumisas ante un destino adverso.

—No creo. De todos es sabido que las mujeres tienen una mayor tolerancia al dolor, y se necesita ser de veras valiente para soportar, por ejemplo, un parto, cosa que un hombre no resistiría.

—Pues en eso sí te doy la razón, aunque la muerte es un asunto distinto.

—Para ilustrar mi punto de vista, te voy a hablar de mi propio caso.

—Pero tú no eres mujer.

—Precisamente por eso, pero tiene que ver con lo que te decía de Isaac Hurtado: cuando era yo joven, pensaba que no iba a llegar a viejo, vamos, que ni siquiera iba a pasar de los cuarenta, y se lo decía a todo el mundo. No pensaba, claro, que me fuera a atacar alguna enfermedad fulminante, sino que yo mismo iba a poner fin a mis días, como dice el vulgo.

¿Y qué fue lo que pasó? Bueno, pues que cumplí los cuarenta sin haber puesto en práctica mi propósito de suicidarme.

—Pero eso no ilustra lo que me decías de las mujeres.

—No, pero a eso voy. Siempre andaba yo con mi cantaleta de que no quería llegar a viejo, y alguno que otro de mis amigos también decía lo mismo, pero nunca escuché que una mujer dijera eso: estoy seguro de que ellas sí habrían cumplido su palabra sin mayor cobardía. Ellas sí son capaces de soportar cosas bastante pinchonas, como el envejecimiento. En cambio, uno siempre tiene en la mente la idea romántica de los muertos jóvenes.

—Como Jim Morrison y Janis Joplin.

—O hasta Marilyn Monroe o Pedro Infante, que si los ve uno desde acá, se murieron bastante chicuelones.

23.

Paradójicamente, Eva Preciado, que hace unos días sólo pensaba en sus dolencias, ahora que vive rodeada de enfermos, ha dejado de estar obsesionada por ellas. Sí, quizá se dice a sí misma que padece cáncer, pero no es la única en el mundo que sufre: otros también tienen padecimientos, y algunos más graves que el suyo. ¿Que se va a morir? Sí, pero todos se van a morir.

—Nos vamos, dijo el otro.

—Así es. Y ella, cuando pensaba que todo giraba en torno a la enfermedad, ahora ha vuelto a sentir que tiene cualidades que no han desaparecido: puede decir que es simpática, como aseguraron los otros personajes en una de las terapias de grupo, incluso que no es fea, o, bueno, que es bonita, como le dijo Alma Ramírez, y ahora pone una mayor coquetería en su arreglo personal. Experimenta una especie de renacimiento, lo cual por una parte le da gusto, y por la otra le preocupa, pues quizá se aleja un poco el momento de su muerte, y así no va a ganar el reality para dejarle una buena herencia a su hijo. Pero, bueno, no tiene caso adelantarse a las cosas: que sea lo que Dios quiera.

24.

Eleazar Santamaría resulta ser bastante sociable y hace buenas migas con la mayoría de los personajes, salvo, como era de esperarse, con Salvador Álvarez, que no se lleva bien con nadie de la casa. Eleazar pasa la mayor parte del día platicando con sus compañeros y el resto del tiempo se entrega a su afición de las últimas semanas: la televisión. En ésas está cuando empieza a sentir un ligero nerviosismo. Al principio no se preocupa y se dice que ya pasará, pero pronto el nerviosismo se convierte en un desasosiego que nunca había experimentado. Apaga la televisión y se va al cuarto que comparte con Salvador Álvarez, quien no se inmuta cuando lo ve entrar y vuelve la vista a su lectura. Eleazar Santamaría agradece que no le pregunte nada y se echa en la cama boca abajo, esperando que se desvanezca su malestar, pero su esperanza es vana y, aparte del desasosiego, se siente bastante inquieto; no encuentra acomodo. Decide ir con el médico de guardia y se levanta de la cama. Afortunadamente, el médico está desocupado y lo recibe de inmediato. Eleazar le explica lo que siente y el médico le toma la presión; luego escucha, con el estetoscopio, su ritmo cardiaco y su respiración. Le dice a Eleazar su muletilla de siempre: que no se preocupe, y añade que aparentemente es víctima de un ataque de pánico. Eleazar replica que nunca había sentido eso y el doctor le explica que ese tipo de trastornos pueden surgir en cualquier momento. El médico le da una pastilla y le pide que se la tome ahí, en su presencia. Eleazar lo obedece. El médico le extiende una receta. Eleazar la lee: es lo mismo que acaba de darle; deberá tomarlo durante una semana, tres veces al día. Le pregunta al médico qué es lo que le recetó y éste le dice que es un tranquilizante, que con eso se va a sentir mejor. El médico le hace conversación y pasan unos minutos. Eleazar empieza a sentirse mejor. Se lo dice al médico, le da las gracias y se va. Eleazar piensa: "Lo que me faltaba: estar mal de los nervios". La pastilla le da un poco de sueño y vuelve a su cama, donde duerme una buena siesta.

25.

Tan de repente como sale un sol radiante luego de un aguacero en el trópico, así cambia la actitud de Salvador Álvarez. Deja de mostrarse huraño para volverse todo sonrisas. ¿A qué se debe esa transformación? A un simple pero para él valioso factor: llegan a visitarlo sus tres hijos, junto con su mujer. "Hasta que se acordaron de este viejo", dice, afable. "Ay, papá, no digas eso: siempre te tenemos presente", dice su hijo mayor. El reproche está un tanto fuera de lugar, ya que dos de sus hijos viven fuera de la Ciudad de México, y su mujer y su hija menor vinieron a verlo la semana pasada. "Vengan, les voy a presentar a mis compañeros", les dice, y los lleva primero con Eleazar Santamaría. "Miren, Eleazar y yo compartimos cuarto. Eleazar, te presento a mis hijos y a mi esposa". Eleazar, un tanto extrañado, los saluda cortésmente: "Mucho gusto". Salvador Álvarez lleva después a sus familiares con los otros personajes del reality. Todos se muestran amables, aunque, como Eleazar, no dejan de notar el radical cambio de Salvador. Finalmente, se sientan los cinco en la gran sala, donde permanecen conversando animadamente por espacio de una hora, que es el tiempo que tienen permitido las visitas. Cuando se van, Salvador Álvarez se queda con un sentimiento ambivalente: alegre porque los vio y triste porque ya partieron.

26.

Una de las ventajas de morirse es que ya no tiene uno que bañarse, piensa Salvador Álvarez, no porque se haya vuelto una persona sucia, ni porque le haya entrado de repente una aversión al agua. La razón por la que le disgusta ducharse es porque se trata de algo más bien problemático, en su condición: tiene que quitarse la prótesis de la pierna y luego poner una silla de plástico en la regadera, tareas en las que, cuando estaba en su casa, lo ayudaba su mujer; además, ahí no tenía que asearse todos los días, como en la casa de *Muérete y gana*, donde constituye una obligación estipulada para todos los personajes, quizá porque deben convivir entre ellos y compartir con otro la habitación. Otra persona para la cual es problemático bañarse es Margarita Rivera, pues como debe prescindir de su bombilla de oxígeno, se ve forzada a respirar por la boca y en ocasiones traga agua de la regadera. Pero ni modo: tanto ella como Salvador Álvarez estuvieron de acuerdo con todos los incisos del convenio que firmaron antes de entrar al reality en el que participan.

27.

La segunda semana se pasa más rápido para los habitantes de la casa de *Muérete y gana*, quizá porque ya están más
acostumbrados a vivir ahí. Sienten que muy pronto llega el
domingo y la segunda transmisión del reality. Esta vez presentan los casos de Margarita Rivera y Juan Zárate, y respe-
tan la petición de éste: se dice, pues, que padece de vih, y
no de sida. También hay un resumen de lo que sucedió en
la casa durante la semana, incluidos los respectivos ataques
de pánico de Isaac Hurtado y Eleazar Santamaría. Actúa
asimismo una cantante, que interpreta dos de sus éxitos, y
habla de una ocasión en que estuvo a punto de morir, debido
a un accidente automovilístico: narra que su vida entera pasó
ante sus ojos, antes de desmayarse por los golpes que sufrió.
También aparecen dos cómicos haciendo un *sketch* en el que
uno de ellos representa a un médico y el otro a su paciente.
El médico trata de decirle al paciente, con eufemismos, que
le quedan pocos días de vida, y el paciente no lo entiende o
finge no entenderlo, hasta que por último el médico se lo dice
directamente. El enfermo cae entonces en la cuenta de lo que
le dice el médico, que resulta ser el amante de su esposa, y lo
mata disparándole un tiro con una pistola, no sin antes decirle que no le pesa mucho lo que va a hacer, pues va a pasar
muy poco tiempo en la cárcel. Todos los números son cele-
brados por aplausos del público presente, pero el verdadero
plato fuerte es el concurso de baile, que se realiza por partes
y en el que participan todos los personajes: la audiencia vota

por su pareja favorita, desde sus casas, mediante whatsapps. Los primeros que bailan son Elvira Reséndiz y Eleazar Santamaría; luego Isaac Hurtado y Alma Ramírez; después Juan Zárate y Margarita Rivera, que tiene algunos problemas para coordinar sus movimientos, debido a su bombilla de oxígeno; y, por último, Eva Preciado y Salvador Álvarez, quien en un principio se había negado a participar por causa de sus impedimentos físicos, pero como le cambia el humor después de ver a sus familiares, decide bailar finalmente, a pesar de que cojea y tiene que hacerlo utilizando su bastón. Por suerte, a Eva y a Salvador les toca un ritmo lento, lo que les facilita un poco las cosas. Los ganadores son éstos últimos, quienes reciben un premio de diez mil pesos cada uno. Los dos personajes se alegran mucho por su triunfo. Como la anterior emisión, ésta se convierte también en trending topic, pero en esta ocasión aumenta un poco más la audiencia. Pronto llega el final del programa, que es despedido con agradecimientos por Ramón Villafuerte.

28.

De las cosas que hace todos los días Margarita Rivera la que más le disgusta es, como ya te dije, bañarse, pero hay otras que no dejan de desagradarle, no tanto porque se le dificulten, sino más bien por su repetición. Entre éstas se encuentran cepillarse los dientes y lavarse la cara por las noches, cuando ya está muy cansada; peinarse y arreglarse en la mañana; tender su cama; comer casi siempre sin hambre los tres alimentos, etcétera. Todas las noches siente que el día se pasó demasiado rápido y al día siguiente tendrá que repetir las actividades que no le gustan, y así todo el tiempo. Pero, bueno, como Salvador Álvarez, piensa que cuando se muera no estará sujeta a esas tareas aburridas: sí, la muerte es una liberación.

29.

Eleazar Santamaría está viendo la televisión cuando de repente se le acerca Salvador Álvarez y le pregunta: "¿No te interrumpo?". "No, para nada", contesta Eleazar, que apaga la televisión creyendo que Salvador tiene algo importante que decirle, pero pronto se da cuenta de que no es así: Salvador sólo tiene ganas de platicar con él, lo que se le hace un poco extraño, pues nunca antes lo había buscado, a pesar de que comparten la misma recámara. Eleazar, a quien por naturaleza le disgusta todo conflicto, ve con buenos ojos este cambio en la actitud de Salvador. Conversan unos minutos y luego se aparece por ahí Juan Zárate, que tiene intenciones de conversar con Eleazar. No puede evitar sentir celos cuando lo encuentra charlando con Salvador Álvarez, y está a punto de regresarse por donde vino, pero piensa que sería muy obvio el rechazo que experimenta por la inesperada situación, amén de que también podrían captarlo las cámaras, y el domingo, en el resumen de la semana, podrían hacer mofa de él, así que se acerca a los dos nuevos amigos y les pregunta: "¿Me puedo sentar?". "Sí, claro", responde comedido Salvador Álvarez. Pronto se enfrascan los tres en una animada conversación, lo que lo hace cambiar su opinión respecto a Salvador. Lo único que lamenta Juan Zárate es no poder estar a solas con el objeto de su enamoramiento: ni modo, ya será en otra ocasión.

30.

Siempre que tiembla, Isaac Hurtado tiene la costumbre de salir corriendo, como la mayoría de la gente, independientemente de donde se encuentre, y esta vez no es la excepción: está bañándose cuando de pronto lo sorprende una brusca sacudida que se prolonga en un continuo balanceo. Siente el impulso de irse al jardín de la casa, así como está, desnudo, pero, dentro de su confusión, decide tomar las cosas con calma y se enrolla una toalla alrededor de la cintura para cubrir al menos sus partes íntimas. Después, sí, corre hasta llegar al jardín, donde están ya los otros habitantes de la casa, incluso los que éstos llaman los "invisibles", es decir, los operadores de las cámaras, a los que nunca habían visto, y la servidumbre. El único que no sale al jardín es el médico de guardia. Algunas mujeres gritan: "¡Está temblando, está temblando!", como si fuera necesario corroborarlo con las palabras, y no falta quien rece La Magnífica o pronuncie jaculatorias. El temblor dura varios segundos, que parecen eternos, y cuando por fin pasa, los personajes lo comentan. Todos están aún asustados, pero en el caso de Isaac Hurtado, al miedo se aúna la vergüenza, no porque revele las zonas íntimas de su cuerpo, que todavía cubre bien la toalla, sino por mostrar la flacidez de las partes que quedan a la vista. "Perdón por salir así —le dice a quien quiera oírlo—, pero no me dio tiempo de vestirme". "No se preocupe", le dicen dos o tres, y uno de ellos añade: "Fue una emergencia". Sólo uno de los personajes, Eleazar Santamaría, alcanzó a tomar su celular e intenta comunicarse con sus padres, pero no tiene éxito: las líneas están bloqueadas. Conforme pasan los minutos, todos van tranquilizándose, pero permanecen todavía en el jardín por temor a una réplica. El primero en regresar a la casa es Isaac Hurtado, quien se mete a la regadera para quitarse los restos de jabón que, está seguro, aún hay en su cuerpo. Luego, ya más calmados, vuelven todos los demás, que logran comunicarse con sus familias: todos están bien, fuera del susto. Aunque llega pronto la hora de la comida, no todos tienen hambre: el miedo les espantó el apetito. Pocos son los que comen con gusto. En la tarde van dos ingenieros a revisar la estructura de la casa, en la cual no pasó nada. Poco a poco, todo vuelve a la normalidad.

31.

Ahora sí Ramón Villafuerte puede decir que es plenamente feliz: ya ni siquiera tiene que hacer dieta, pues el acelerado ritmo de trabajo al que somete a su cuerpo lo ayuda a mantenerse en su peso: come lo que quiere y cuando quiere. Por otra parte, en el plano laboral, goza de un éxito que nunca había conocido, por más que a varios de sus proyectos les haya ido muy bien. Y por si fuera poco, disfruta como nadie de lo que hace. Además de todo, está recibiendo un dinero que nunca soñó ganar: "Ramón o el optimismo", piensa parafraseando el título de uno de los libros que ha leído recientemente. No se cansa de dar gracias por las bendiciones de que está colmada su vida. Para celebrar, decide ir a tomar la copa con algunos amigos. A pesar de que es entre semana, todos aceptan, excepto Felipe, quien debe levantarse temprano al día siguiente, pues tiene llamado en la telenovela en que está actuando. Uno de los amigos de Ramón propone que vayan a un antro que está muy de moda y a Ramón le parece buena idea. Quedan de verse en el lugar que sugiere el amigo de Ramón. Cuando Ramón llega, ya se encuentran ahí varios de sus amigos. Uno de ellos manifiesta cierto descontento por el sitio de marras y dice que hay "pura perrada". La verdad, piensa Ramón, es que se trata de un antro bastante populachero, pero no le desagrada el ambiente: afortunadamente no tiene prejuicios de clase. El *show* no tarda mucho en comenzar y consiste en *stripteases* de varios muchachos. Cuando por fin quedan desnudos, todos tienen una potente erección, favorecida por un anillo metálico. Ramón piensa que quién sabe por qué varios de ellos se ven mejor vestidos que desnudos, acaso porque algunos experimentan cierta incomodidad ante la mirada ajena. El único que le parece muy guapo de cualquier forma es uno que se llama, como luego se lo dirá, Leonardo: tiene un aire de inocencia insólito en ese tipo de lugares. Leonardo, mientras baila y se desnuda, no deja de reparar en la presencia de Ramón y sus amigos, y cuando termina su acto va al camerino improvisado, se viste rápidamente y luego sale de nuevo y se acerca a la mesa de Ramón; le pregunta si es, como cree, Ramón Villafuerte. Éste dice que sí, y le pregunta su nombre. Leonardo se lo dice y Ramón lo felicita por su número y añade que está muy guapo. El joven le da las gracias y le pregunta si puede tomarse una foto con él. Ramón accede amablemente. Leonardo le dice que también es actor, bueno, que está estudiando actuación, y que le gustaría que le diera una oportunidad, aunque sea en algo muy pequeño. Ramón le habla de su reality *Muérete y gana*, y le dice que desafortunadamente ahí no hay cabida para él, pero en cuanto tenga un proyecto adecuado, él lo buscará. Leonardo le da a Ramón una tarjeta con su nombre y su número telefónico. Ramón la guarda en el bolsillo de su saco y el joven se despide. La actitud de admiración del joven le produce cierta ternura a Ramón.

32.

¿Cómo explicar lo que le pasa? Alma Ramírez experimenta una tristeza que podría calificar de silenciosa o apagada: a veces se encierra en el baño con intenciones de llorar, pero las lágrimas no acuden a sus ojos. No sólo eso: carece de apetito y se materializa su temor de no dormir bien: tarda mucho en conciliar el sueño y son muy pocas horas las que descansa, por lo que todo el día anda con una molesta somnolencia que no la abandona, a pesar de que toma varias siestas. Ni siquiera la alegran las visitas semanales de su familia. Le comenta lo que siente a Juan Zárate, que es a quien le tiene más confianza de los habitantes de la casa, y él le recomienda que vea al médico de guardia. Ella le hace caso y visita al médico, quien le diagnostica depresión y le da un medicamento para combatirla. Alma Ramírez se siente un poco mejor tan sólo de saber que lo que está viviendo tiene un nombre y puede ser tratado. Ella le da las gracias a Juan Zárate por su consejo.

33.

Con esa costumbre que tenemos todos, o casi todos, de mirar nuestros excrementos después de haber defecado, Elvira Reséndiz se da cuenta de que los suyos son negros. Un poco asustada, se pregunta a qué se deberá y va a ver al médico de guardia. Éste parece tomarlo en serio y le pregunta desde cuándo está así. "Hoy empezó", dice Elvira. Él le pregunta qué otros síntomas tiene y ella responde que desde hace días se siente muy cansada. El médico le dice que tienen que hospitalizarla y pide una ambulancia para que la trasladen. Él la acompaña, y ya en el hospital, pide que llamen a un gastroenterólogo, quien ordena que le hagan una endoscopía. Elvira Reséndiz se pone un tanto nerviosa y sólo se calma cuando la sedan para ese examen. Después de interpretar los resultados, el gastroenterólogo les dice al médico de guardia y a Elvira que lo que ella tiene es una severa gastritis, no relacionada directamente con su leucemia, sino debida a los medicamentos que toma. Le extiende una receta y la da de alta. Elvira Reséndiz se siente más cerca de la muerte y le pide a Dios que la ayude a aceptar su voluntad.

34.

Eva Preciado siempre ha sido buena para ponerles apodo a las personas: como se hace en estos casos, sabe hallar sus características distintivas para encontrarles un sobrenombre adecuado, lo que es muy celebrado por sus hijos y algunos amigos, los de más confianza. Así, a una cuñada de su hija, cuya piel es muy pálida, la apodó la "Ya Mero me Muero", y a unas tías de su nuera, que siempre usan peluca y tienen unas facciones algo simiescas, las llamó "El Planeta de los Simios". "Ay, mamá, qué bárbara", comenta su hija entre sorprendida y sonriente cuando las menciona. Esto viene a colación porque Eva Preciado bautizó a Elvira Reséndiz como la "Perrita Chihuahueña" y resulta difícil no sonreír al observar a esta última, de cuerpo menudito, movimientos nerviosos y grandes ojos saltones. Así se refiere a ella cuando está con su familia. Obviamente, ante los otros habitantes de la casa no hace uso del mencionado apodo.

35.

Elvira Reséndiz sueña a su hijo que murió, pero lo sueña vivo, como en otras ocasiones, y también como otras veces, lo de su muerte fue sólo una broma que él urdió. Él le dice riendo que no es cierto que se murió y ella se enoja un poco por la pesada broma, pero finalmente le da mucho gusto verlo vivo. Elvira Reséndiz se despierta con un sentimiento en que se mezclan la alegría, por soñar a su hijo, y la tristeza, porque ya no está con ella, y se pregunta si su hijo estará llamándola: quizá ya pronto va a reunirse con él.

36.

Otra vez Juan Zárate encuentra a Eleazar Santamaría conversando con Salvador Álvarez y otra vez le dan ganas de regresarse por donde vino, pero evita hacerlo para que no capten las cámaras su contrariedad. Se sienta con ellos, que platican de viajes. Salvador Álvarez dice que, de todos los lugares que conoció en Europa, fue París lo que más le gustó, aunque una amiga suya tiene la "teoría" de que cuando uno viaja el lugar que prefiere es el primero que visita; al menos en su caso así fue. "Jota presumida", piensa Juan Zárate: si bien Salvador Álvarez no comparte con Juan Zárate sus preferencias sexuales, a este último es lo primero que se le ocurre para denostarlo: "Quiere apantallar a Eleazar". Éste está de acuerdo con la "teoría" de la amiga de Salvador y dice que en su caso fue Londres lo primero que conoció y lo que más le gustó. Juan Zárate sólo ha viajado un poco, y eso dentro del país, por lo que no puede competir con Salvador Álvarez y mucho menos con Eleazar, quien incluso vivió dos años en Australia, así que no participa del todo en la conversación, aunque lo escuchan amables cuando él hace algún comentario. Después de unos minutos que se queda por compromiso, Juan Zárate se despide y se va a platicar con Alma Ramírez.

37.

Como cada semana, Ramón Villafuerte visita a los habitantes de la casa de *Muérete y gana*, pero esta vez le sucede algo que nunca le había pasado: al bajar un escalón, se tropieza y cae sobre su pierna derecha. Su asistente lo ayuda a pararse, lo que Ramón consigue con trabajos, pues el dolor en el tobillo es insoportable; le dan ganas de llorar, pero se contiene: sabe que las cámaras registran todo, aunque sabe también que afortunadamente en la casa hay un médico de guardia, y le pide a su asistente que lo lleve a verlo. El médico lo revisa. Ramón Villafuerte aguanta el dolor que experimenta cuando aquél lo toca. El médico le dice que aparentemente tiene una luxación en el tobillo, pero no está de más que se haga una radiografía, y le pone una venda en la parte afectada que ejerce cierta presión. Ramón Villafuerte va de inmediato al hospital donde atienden a los habitantes de la casa. Le toman varias radiografías, donde no aparece ninguna fractura. El radiólogo le recomienda que use un bastón y trate de estar en reposo. Ramón sabe que esto último es casi imposible, pero acepta el consejo del bastón: hay en su casa uno que perteneció a su abuela y que la familia ha conservado; el mango tiene la forma de un perro. De alguna manera se siente protegido al usarlo y piensa que saldrá pronto de ese mal paso.

—Literalmente.

—Pues sí.

—Ora sí que qué mala pata para el pobre de Ramón.

38.

—¿De qué te sirve tu fe, si no es para estar mejor?

39.

Como el domingo habrá un concurso de canto, los habitantes de la casa ensayan todos los días acompañados por un piano. La mayoría decide interpretar boleros, salvo Juan Zárate y Eleazar Santamaría. El primero de éstos pretende cantar algo de los Rolling Stones, pero el pianista confiesa que desconoce la canción y no podrá acompañarlo, por lo que Juan Zárate termina eligiendo "Recuérdame", el tema musical de la película *Coco*. Por su parte, Eleazar Santamaría escoge "Yesterday" de los Beatles, que el pianista conoce perfectamente.

Todos los personajes se sienten un poco inhibidos al principio, pero conforme avanza la semana van ganando confianza, y se entregan con entusiasmo a los ensayos, incluso los
que son por naturaleza desafinados, como Salvador Álvarez.

40.

Más pronto que tarde llega el domingo, con su carga de
emociones en vivo. Esta vez el programa es eminentemente
musical, pues además del concurso de canto, estrenan una
cuyo estribillo dice: "Todo tiene solución, / Menos la muerte, / Pero la muerte / Ya es en sí una solución". La audiencia
de la emisión sigue aumentando y los votos del público por
las canciones de su preferencia, así como los aplausos de los
concurrentes, son cuantiosos. No pocos desafinan notoriamente y a uno que otro, como Margarita Rivera, le falta
el aire para prolongar las notas necesarias. En esta ocasión, el
ganador del concurso de canto es Eleazar Santamaría, quien
se lleva diez mil pesos de premio. Todos, incluidos los concursantes, están de acuerdo en que su interpretación de
"Yesterday" es insuperable. Como siempre, el programa es
despedido con entusiasmo y agradecimiento por Ramón
Villafuerte, quien sólo por esta vez deja de lado el bastón
en el que se apoya casi todo el tiempo, aunque procura no
moverse demasiado.

41.

Ramón Villafuerte sueña ocasionalmente que es joven y no tiene dinero. Esta vez anda con Francisco; quizá son amantes todavía y Ramón gasta lo último que traía en una telera, con intenciones de hacerse una torta, pero le falta dinero para comprar con qué rellenarla, tal vez una rebanada de jamón. Francisco también lleva los bolsillos vacíos y Ramón busca entre los asistentes a un concierto al aire libre, que todavía no empieza, alguien que pueda prestarle un poco de dinero, pues ni siquiera tiene para regresarse a su casa. El concierto será ni más ni menos que de los Doors, aunque el grupo ya no está en su mejor momento. Ramón piensa en vender su llavero de plata, alusivo al grupo que va a escuchar: quizá se trata de un lagarto, ya que a Jim Morrison le dicen el Rey Lagarto, pero recapacita y decide mejor regalárselo al cantante de los Doors, pues cree que le dará mucho gusto recibirlo. Ramón pasa a donde se llevará a cabo el concierto con la intención de ganar un buen lugar, aunque pronto se da cuenta de que no hay demasiada gente. Cuando salen los integrantes del grupo, Ramón nota que todos han envejecido un poco, aunque tal vez sería mejor emplear el término "madurar", pues aún tienen restos de su juventud. Jim Morrison se conserva guapo, aunque sin duda ha ganado cierto peso. Ramón saca su llavero de la bolsa de su pantalón y le quita sus llaves. En una pausa entre canción y canción, Ramón pide disculpas:

—Perdón por tanta repetición en *on*, incluidas las mías.

—Ok, perdón.

Ramón se sube al escenario y le explica al cantante en inglés el significado del llavero; se lo entrega. Jim Morrison le da las gracias y Ramón regresa a su asiento.

42.

Salvador Álvarez tiene un deseo: morir mientras duerme. Se lo pide a la vida, se lo pide a Dios. Y cada mañana, cuando despierta, se lleva la decepción de seguir vivo. Como a varios de los concursantes, le parece una carga la vida o, mejor dicho, su enfermedad. Si estuviera sano, otra cosa sería.

43.

Cada semana, el médico de guardia revisa a los concursantes de *Muérete y gana*: los pesa, les toma la presión, escucha con el estetoscopio sus pulmones y su corazón, y les hace un electrocardiograma. Juan Zárate se lleva la sorpresa de haber aumentado dos kilos, lo que ya sospechaba, pues los pantalones le quedan más ajustados. Se pregunta, medio en broma: "Así, ¿cuándo me voy a morir?". Por su parte, Alma Ramírez también tiene variaciones en su peso, pero en su caso éste disminuye un kilo. No le preocupa, desde luego, pues lo toma como un aviso de que su fin está cerca y no le teme a la muerte: más bien la desea. El médico de guardia le pregunta si ha estado tomando los antidepresivos que le recetó y cómo se ha sentido. Alma Ramírez le contesta que sí ha seguido el tratamiento y que ya no está tan triste como antes. Los demás personajes se encuentran, dentro de todo, estables.

44.

Isaac Hurtado come con suma lentitud: le faltan dos o tres piezas dentales, y en las que aún conserva, tiene varias caries; también se le han caído algunas amalgamas y una corona. Guardó ésta última durante un tiempo para que se la pusiera de nuevo su dentista, pero terminó perdiéndose quién sabe cómo. Lleva muchos años sin visitar a su dentista, en parte porque no le sobra el dinero, pero existe una razón más importante: desde que está enfermo, se dice que no tiene caso pasar por esa situación incómoda cuando no dolorosa, si se va a morir pronto, de modo que, para comer, se las arregla como puede. Sin embargo, han pasado los años e Isaac Hurtado aún sigue vivo, masticando la comida con trabajos. Otra que consume sus alimentos muy parsimoniosamente es Margarita Rivera, pues le estorba un poco la sonda conectada a la bombilla de oxígeno.

45.

Esta semana, Alma Ramírez no sólo recibe la visita de sus hijos y su marido: su alegría es doble, pues van a verla sus padres, recién llegados de Zacatecas. La madre de Alma le dice que están ahí para saludarla y desearle suerte en el concurso en el que está participando. El padre de Alma se da cuenta inmediatamente de la metida de pata de su mujer, pues de hecho está deseándole la muerte a su hija, y le da a la madre un ligero golpecito en la pierna con su rodilla. La madre cae en la cuenta de lo que dijo y le pide perdón a Alma, quien le dice que no se preocupe, sonriendo por la ingenuidad de su madre.

46.

Seguido por las cámaras, Eleazar Santamaría va al hospital donde atienden a los personajes. Le hacen varios análisis especializados, incluida una resonancia magnética. Ésta última no le hace mucha gracia, pues aunque no es claustrofóbico, sí le produce cierto nerviosismo, que siempre trata de disimular. Los resultados de los exámenes sorprenden al neurólogo que acompaña a Eleazar Santamaría y a este último: el tumor cerebral de Eleazar ha disminuido varios milímetros, por lo que el neurólogo considera la posibilidad de que el cáncer esté en remisión. Eleazar recibe la noticia con alegría, aunque esto pueda traducirse, como luego le hace ver la producción de *Muérete y gana*, en su posible salida del programa, si su salud sigue mejorando.

47.

Las cámaras también siguen a Alma Ramírez en su ingreso al hospital: padece de una grave neumonía. Está demacrada, débil, deshidratada y se le dificulta caminar, por lo que no va por su propio pie, sino que la trasladan en silla de ruedas. En cuanto llega, le ponen suero y un antibiótico por vía intravenosa. Su familia no tarda mucho tiempo en llegar, incluidos sus padres, que todavía se encuentran en la ciudad. Todos los familiares de Alma están alarmados. Cuando cae la noche, la hija, el marido y la madre de Alma quieren quedarse en el hospital, pero la hija les dice que mejor acompaña ella a su madre, para que ellos estén descansados al día siguiente y puedan turnarse para cuidar a Alma, que seguramente va a pasar varios días en el hospital. Además, el marido de Alma tiene que trabajar al día siguiente. Ellos están de acuerdo y se van a la casa. Alma pasa la noche muy inquieta, y por momentos delira y habla incoherencias. Su hija se preocupa aún más y le comenta a la enfermera el estado de Alma. La enfermera le dice que es normal, debido a la fiebre, y la hija se tranquiliza un poco. De cualquier manera, una buena parte de la noche reza por la recuperación de su madre.

48.

Ramón Villafuerte se levanta con una ligera inquietud, como si hubiera perdido algo. O quizá lo que siente es una moderada tristeza, a la que no le encuentra razón de ser. Esa confusa mezcla de sentimientos va aumentando conforme avanza el día, hasta que Ramón consulta su agenda para ver qué tiene que hacer. En ese momento, se da cuenta de que hoy sería el cumpleaños de su amigo Francisco si estuviera vivo y entiende la causa de su desasosiego. Reza un padrenuestro por Francisco y la molesta sensación se va disipando hasta desaparecer por completo.

49.

Como a estas alturas ya conoces de sobra el formato del programa *Muérete y gana*, ya no voy a repetir las partes de las que consta. O bueno, sólo las mencionaré de paso: la bienvenida al público, las intervenciones musicales, los sketches, la despedida, etcétera. Aunque también forma parte de la emisión, este domingo el concurso para los personajes se llama "Modela y gana" y, como su nombre lo indica, consiste en una pasarela de ropa, en la que los participantes desfilan primero con atuendo informal y luego con ropa de gala. Los personajes escogen su vestimenta en el amplio departamento de vestuario de la televisora, según ciertos lineamientos que les da la producción, especialmente para la ropa de gala, que debe ser vestido largo para las mujeres y esmoquin para los hombres. Todos los participantes pasan la semana probándose atuendos y ensayando el desfile, dirigidos por un experto diseñador. La única ausente es Alma Ramírez, que está hospitalizada: aunque su estado ha mejorado notoriamente, aún se encuentra debilitada. Los participantes se divierten mucho escogiendo la ropa que van a usar y cambiándola cuando no los convence del todo. El domingo, durante el programa, el público vota con entusiasmo por su personaje preferido, y se llevan las palmas Elvira Reséndiz y Juan Zárate. Este último se dice, cuando ve la repetición del programa, que no es nada feo; al contrario, se ve bastante guapo con el esmoquin recién salido de la tintorería, que le ajusta perfectamente, si bien ya presentía que tenía posibilidades de ganar. También Elvira Reséndiz celebra su premio, aunque en su caso se lleva una grata sorpresa. Alma Ramírez sigue la emisión desde su cama en el hospital y le da gusto el triunfo de su amigo Juan Zárate.

50.

De todos es sabido que los lunes ni las gallinas ponen, pero los santos, que nunca dejan de trabajar, incluso los lunes hacen milagros y pequeños favores. Así, este día Ramón Villafuerte se da cuenta de que ya no necesita apoyarse en su bastón para caminar. Por su parte, Alma Ramírez sale del hospital, aunque débil, ya curada de la neumonía que la mantuvo postrada. Ramón Villafuerte está contento; Alma Ramírez, no tanto: con su relativa salud, se aleja la posibilidad de morirse y ganar el concurso que la llevó hasta ahí: pero ¿qué puede hacer si ésta es la voluntad de Dios?

TRES

1.

A Ramón Villafuerte le dan ganas de patearle los huevos, de romperle el hocico: Felipe le dice que quiere terminar con él. "¿Andas con otro?", pregunta Ramón. "No". "¿Entonces?". Felipe contesta como si tuviera un parlamento ensayado, y quizás es así; seguramente pensó varias veces lo que le iba a decir y escogió con cuidado las palabras que emplearía: siente que la relación se ha desgastado mucho y que ahora es mejor que cada quien tome su camino. Ramón Villafuerte no sabe qué decir, cómo reaccionar: el comentario de Felipe lo toma por sorpresa y, tal vez sí, tal vez quisiera agredirlo físicamente, pero es consciente de que no puede permitirse ese tipo de salida por dos razones: no quiere darle el gusto a Felipe de mostrarle su enojo y Ramón Villafuerte se considera una persona civilizada. Sólo le dice a Felipe: "Está bien. ¿Cuándo te vas?". "Lo más pronto posible". Ramón Villafuerte piensa que Felipe es un malagradecido: salir con algo así después de todo lo que Ramón ha hecho por él... Siente también algo de decepción: siempre creyó que la relación con Felipe iba a durar toda la vida. Pero lo que más siente es rabia: "Pinche puto desgraciado", piensa. "Pero esto no se va a quedar así". Ramón Villafuerte no puede olvidar ni por un momento la ruptura con Felipe. En vano trata de concentrarse en el trabajo, su consuelo, su diversión habitual. Ahora no sabe qué hacer. No quiere perder el tiempo obsesionándose con lo sucedido, pero no puede evitarlo. Decide salir a caminar un rato para calmarse. Primero anda lentamente, como si estuviera de paseo; luego arrecia el paso, para cansarse, para sacar las energías y la tensión acumuladas. Finalmente logra su objetivo y regresa a su casa agotado. Se da un buen baño y se pone a trabajar.

2.

Isaac Hurtado no sabría describir la curiosa sensación que a veces lo acomete. Cree que empezó a raíz del temblor o tal vez antes, cuando le dio el ataque de pánico que lo llevó al hospital. No le pasa a menudo, pero cuando le ocurre es muy desagradable y consiste en una especie de extrañeza de sí mismo, como si fuera y no fuera él a la vez, como si se viera desde fuera. Se pregunta si eso se sentirá en el momento de morir, cuando el alma se desprende del cuerpo. Pero él no se ha muerto: ¿por qué entonces le suceden estas cosas? ¿Serán una suerte de anticipo del momento fatal?

3.

Por extraño que parezca, Alma Ramírez se siente bien: no hace mucho que estuvo postrada por una grave neumonía y su estado de ánimo es bueno: ya parece superada la depresión que padeció hace tan sólo unos días: quizá le han hecho efecto los antidepresivos que le prescribió el médico de la casa. De cualquier forma, agradece el bienestar del que ahora goza.

4.

Juan Zárate aprovecha que Eleazar Santamaría está solo, viendo la televisión, para acercársele. Por fin piensa decirle lo que siente por él. Y no es que antes no quisiera hacerlo, pero siempre lo encuentra acompañado, conversando con Salvador Álvarez o con algún otro habitante de la casa. Le pregunta si puede hablar con él. Eleazar le dice que sí y apaga el televisor. "No sé por dónde empezar", le dice Juan Zárate, y aunque ya había previsto cómo abordar la cuestión, ahora le faltan las palabras. "Empieza por donde quieras: estamos en confianza", dice Eleazar Santamaría. Juan decide ir directo al grano y le dice que le cae muy bien. Eleazar Santamaría lo mira fijamente: tal vez ya presiente lo que va a venir. "No sólo eso", le dice Juan Zárate, y añade: "Me gustas mucho". "Órale", dice Eleazar Santamaría. "Espero que no te moleste esta confesión y que no afecte nuestra amistad", dice Juan Zárate. "No, para nada, mano —dice Eleazar—; el único problema es que yo no te puedo corresponder: no soy gay". "Sí, ya me lo imaginaba: de hecho es una de las cosas que me atrajeron de ti: verte tan... tan varonil". "Hombre, pues gracias. ¿O qué se dice en estos casos? Nunca había estado en una situación así", dice Eleazar Santamaría. "Perdóname si te incomodo", dice Juan Zárate. "No, ya te dije que no hay bronca". Juan Zárate no sabe qué más decir, pero se siente aliviado: al menos ya no tiene que seguir guardando ese secreto que le pesaba un poco. "Bueno, pues ya me voy. ¿Tan amigos como siempre?", le dice a Eleazar. "Tan amigos", contesta éste. "Pero no te vayas —añade—; están pasando un programa muy chido en la tele". "Ok", dice Juan Zárate, y sólo en ese momento cae en la cuenta de que toda su conversación con Eleazar Santamaría posiblemente fue grabada por las cámaras de la casa. "Ni modo", piensa, y se sienta de nuevo con su amigo, que vuelve a encender el televisor.

5.

Ramón Villafuerte no ha estado durmiendo bien: le cuesta mucho trabajo conciliar el sueño y despierta varias veces por las noches. Para colmo, ya ni siquiera tiene el consuelo de las siestas. Le pasa lo que no quería: no puede dejar de pensar en la ruptura de su relación con Felipe, por quien siente un odio profundo que invade todas las horas del día: "Pinche putito de mierda —piensa con frecuencia, como una jaculatoria—; pinche perro desgraciado". No sabe qué hacer con ese sentimiento que no había experimentado en muchos años. No puede seguir así: de lo contrario, su trabajo se verá afectado y eso no lo puede permitir. Lo único que se le ocurre es visitar a su médico de cabecera. Por suerte, éste le da cita inmediatamente. Como es uno de sus amigos, Ramón le tiene la suficiente confianza como para contarle en detalle lo que le sucede. El médico le dice que siente mucho que se haya terminado la relación con Felipe y que no se imaginaba que pudieran tener problemas. Ramón le explica que ni siquiera tenían problemas, por lo que la decisión de Felipe lo tomó por sorpresa y tal vez es eso lo que más lo afecta. El médico, después de auscultar a Ramón, le dice que está bien: afortunadamente es muy fuerte y puede soportar cualquier descalabro; el único problema parece ser su trastorno del sueño, pero le va a dar un tranquilizante que lo hará dormir muy bien; puede incluso tomarlo durante el día si se siente angustiado. Ramón le da las gracias y, como siempre, se despiden con un afectuoso abrazo. "Todo estará bien, vas a ver", pronostica el médico. Ramón sale de la consulta más tranquilo.

6.

Eva Preciado recibe la visita de su hijo mayor, por quien siente una marcada preferencia. No es que a los otros no los quiera, desde luego, pero éste es algo especial: fue el primero que tuvo, antes de casarse con el que fue su marido, y siempre le pareció que estaba en desventaja ante los hijos nacidos dentro del matrimonio, aunque su marido lo adoptó y lo trataba igual que a sus hijos legítimos, cosa que no dejó de agradecerle Eva Preciado. Su marido era un caballero y siempre la quiso mucho, y ella sentía por él un cariño profundo. Con su hijo mayor, Arturo, Eva tiene una especial complicidad, y ahora que la viene a ver le cuenta chismes de los habitantes de la casa que pueden interesarle. Pasan buena parte de la hora de visita muy divertidos y por momentos riendo a carcajadas.

7.

Por fin duerme bien Ramón Villafuerte: se acuesta más o menos temprano, toma su pastilla, que no tarda en hacer efecto, y cae en un sueño profundo e ininterrumpido. Al día siguiente, se despierta un tanto amodorrado y con ganas de seguir en la cama, pero ve el reloj y decide levantarse. Por unos momentos, Ramón Villafuerte tiene la impresión de que nada nubla su bienestar, pero luego recuerda la ruptura con Felipe y se pone de mal humor: vuelve a experimentar odio y rencor. ¿Cómo hará para deshacerse de ellos? Se pone a trabajar con la esperanza de que eso cambie su malestar, y sí: logra concentrarse un poco, pero luego piensa de nuevo en la traición de Felipe y regresan los sentimientos desagradables. Se dice que es muy pronto para olvidar y se propone tener paciencia: ya pasará... Por lo demás, los libros de autoayuda a los que es afecto hablan de un periodo de duelo en éstos y en otros casos de pérdidas. Así que sólo es cuestión de esperar.

8.

Desde hace dos años, Isaac Hurtado tiene algo que le pesa mucho: uno de sus hijos está en la cárcel, acusado de fraude. Isaac ha vivido esta situación con pesar y vergüenza, como si él hubiera cometido el delito de su hijo, y está casi seguro de que su angina surgió a raíz de eso. Al principio, visitaba a su hijo cada semana junto con su familia, pero siempre regresaba con un desasosiego que tardaba días en desaparecer, por lo que fue espaciando sus visitas, hasta que finalmente dejó de ir. Su mujer, en cambio, va al reclusorio todos los domingos y le lleva comida a su hijo, no sólo para ese día. La hija también lo visita casi siempre. Isaac Hurtado no ha comentado su pena con nadie de la casa de *Muérete y gana*, y teme que por alguna razón se lleguen a enterar y lo pongan en evidencia.

9.

¿Es la muerte un castigo? Quizá no, porque para los creyentes representa la paz y el descanso eterno, y en muchos casos es el fin del sufrimiento. Ramón Villafuerte no desea, pues, que se muera Felipe: lo que quiere es que le vaya mal en esta vida, muy mal, para que sufra como él, Ramón Villafuerte, está sufriendo por su traición.

10.

Eleazar Santamaría ha tenido muchas experiencias de todo tipo: ha viajado a donde ha querido, ha probado casi todas las drogas, se ha acostado con numerosas mujeres, etcétera. Lo único que no ha hecho es tener relaciones sexuales con un hombre. No sabe si se le antoja, pero sí piensa que su vida no estaría completa si no se entregara a esa actividad, aunque fuera una vez. Por eso las palabras de Juan Zárate siguen resonando en su mente y Eleazar Santamaría se pregunta si no estará dejando pasar esa oportunidad que la vida le brinda. No se acostaría con Juan, desde luego, en la casa de *Muérete y gana*, pues las cámaras no sólo registrarían el acto sexual, sino también la conversación que tendría con Juan Zárate para mostrarle su conformidad, pero se dice que, si los dos salen vivos de ahí, dará una respuesta positiva a la petición de Juan, quien, por lo demás, no le parece desagradable.

11.

Hasta donde recuerda, Ramón Villafuerte nunca ha tenido que trabajar sintiéndose tan abatido como ahora. Sin embargo, se dice que es un profesional y trata con éxito de sobreponerse a su malestar. De algo le sirve, también, el tranquilizante que toma una hora antes del programa y consigue fijar una sonrisa en su rostro, pero si por él fuera, preferiría estar en su casa durmiendo. Este domingo hay una sección especial que se llama "El amor en la casa de *Muérete y gana*", y muestra la declaración amorosa de Juan Zárate a Eleazar Santamaría. El primero de ellos ya lo veía venir, pero eso no lo arredró: desde hace mucho tiempo, está orgulloso de sus preferencias sexuales. Lo único que le duele es, claro, el rechazo de Eleazar, pero sabía que se la estaba jugando y no le importó. Esta semana el concurso habitual es de actuación: primero le pasan a una pareja de habitantes de la casa una escena de una telenovela, que en seguida deben reproducir. Como siempre, el público disfruta mucho de la participación de los personajes y ríe por el nerviosismo o las equivocaciones de las parejas. En esta ocasión, los ganadores son Isaac Hurtado y Eva Preciado. Sólo a Ramón Villafuerte el programa se le hace muy pesado y largo, pero respira aliviado cuando llega a su fin. Al contrario de otras ocasiones, no va a cenar con los miembros de la producción, prefiere llegar a su casa lo más pronto posible.

12.

Ramón Villafuerte sabe que lo ideal sería un calzón o de perdida alguna otra prenda de Felipe, pero éste se llevó todo cuando se fue de la casa. Sin embargo, Ramón tiene muchas fotografías en que aparece Felipe y cree que también pueden servir. Sabe asimismo que el brujo al que visita ocasionalmente siempre tiene gente, por lo que se arma de paciencia cuando va a verlo. En efecto, varias personas pasan antes que él, por lo que aprovecha el tiempo para leer. Por fin entra al pequeño cuarto donde lo atiende el brujo. Éste no discrimina en cuanto a las potencias que lo ayudan: desde imágenes católicas hasta budas y deidades de la santería. El brujo saluda efusivamente a Ramón y le pregunta en qué puede ayudarlo. Ramón contesta que quiere un trabajo especial: vengarse de alguien que le ha hecho mucho daño. El brujo le pregunta si trae algún objeto de esa persona. Ramón le dice que sólo algunas fotos. "Con eso basta", dice el brujo cuando Ramón se las entrega. El brujo realiza algunos pases sobre las fotografías y luego clava en ellas varias agujas. Le dice a Ramón que con eso el sujeto de las fotos será víctima de la ley del karma y no volverá a molestarlo. Por último, le hace una "poderosa" limpia y Ramón sale de ahí sintiéndose más ligero.

13.

Antes de enfermarse, Margarita Rivera disfrutaba mucho de cocinar, al contrario de numerosas amas de casa que no encuentran placer en esa actividad. Sus hijos y su marido siempre se encargaban de alabar su sazón, y Margarita se daba por bien pagada al escuchar sus comentarios: "Qué rico está, Margarita", "Qué bueno te quedó, mamá". Cuando por alguna razón se distraían y se les olvidaba decir lo que Margarita esperaba, ella les preguntaba: "¿Qué, no les gustó?". "Claro que sí", era la invariable respuesta. Pero desde que Margarita se enfermó y se vio obligada a pasar la mayor parte del tiempo en la cama y con su tanque de oxígeno, tuvo que prescindir de complacer a su familia con sus platillos. Quizás habría podido hacer el esfuerzo de cocinar pegada a su bombilla, pero quién sabe por qué le perdió el gusto a la cocina, junto con otras cosas que antes le agradaban, y desde entonces todos los días encargaban la comida a la cocina económica de la esquina. Pronto la vida dejó de tener sentido para Margarita y se diría que sólo vivía para esperar la muerte, a veces temida, a veces deseada como un merecido descanso.

14.

Cómo quisiera Ramón Villafuerte que el tiempo pasara rápidamente para ser ya testigo de las desgracias que le sucederán a Felipe. ¿Y qué le puede ocurrir? Que le vaya mal en el trabajo, que se quede pobre o que se enferme gravemente, o todo eso junto: que la vida se ensañe con él: sólo así se consumará la venganza de Ramón Villafuerte. Sin embargo, el tiempo transcurre con suma lentitud: nunca había tenido Ramón Villafuerte esa experiencia: siente que las horas son largas y fastidiosas, a pesar del trabajo, a pesar de las satisfacciones que recibe y que no le agradan mayormente. Ni modo, tendrá que ser paciente y esperar.

15.

Hasta antes de enfermarse, Eleazar Santamaría fue muy mujeriego, lo que no significa que no haya tenido varias relaciones formales. Como era guapo y sociable (sigue siéndolo), les resultaba atractivo a las mujeres. Pero cuando le detectaron el tumor en el cerebro decidió no atar a nadie a su infausto destino y prefirió sólo tener relaciones poco serias, a veces de una sola noche, hasta que dejó su departamento para irse a vivir con sus padres. No por eso su vida sexual terminó del todo, pues se volvió afecto a contratar los servicios de prostitutas e ir a hoteles. Después, quizá debido a su enfermedad, el deseo sexual disminuyó un poco y su trato con prostitutas se redujo. Y ahora desde que está en la casa de *Muérete y gana*, sólo ocasionalmente se masturba.

16.

Elvira Reséndiz está preocupada: teme la posibilidad de tener Alzheimer. Desde hace unos días, anda muy distraída y con olvidos: hoy, por ejemplo, trata en vano de recordar qué comió ayer. No deja pasar más tiempo y va a ver al médico de la casa; le expone sus temores. El médico le dice, como a casi todos sus pacientes, que no se preocupe, que sus síntomas pueden tener muchas causas, pero para que esté más tranquila le van a hacer unos estudios. La llevan al hospital donde atienden a los habitantes de la casa de *Muérete y gana*.

No es la primera vez que Elvira Reséndiz piensa angustiada en la temible enfermedad, acaso sin razón, pero ahora se dice que no tiene por qué preocuparse tanto, si en realidad está, como cree, muy cerca de la muerte, y se tranquiliza un poco. Cuando deja de obsesionarse, logra recordar en detalle su comida de ayer y comprueba, después de ser sometida a algunos exámenes, que su miedo al Alzheimer es infundado. Se siente agradecida: ahora sólo tiene que preocuparse por su leucemia.

17.

Una vez más la libras, Leonardito: te haces los análisis del sida, y tu cuerpo está libre del virus. Es cierto que siempre te cuidas: no dejas de usar condón cuando coges con alguien, pero nadie está libre de un accidente, sobre todo si lleva una vida sexual activa, como es tu caso: a mayor promiscuidad (y esta es la palabra que usas), mayor riesgo. Te sientes contento, como siempre en estas ocasiones, y lo celebras tomándote unas copas con tus amigos. Esta vez recuerdas el caso de un conocido tuyo, que también se hizo los análisis del sida y también celebró sus resultados negativos, pero no contaba con que la vida le jugaría una mala pasada: al salir del bar donde se emborrachó, lo atropelló un automóvil, y tu conocido tuvo que estar inmovilizado y con las piernas enyesadas duran- te varias semanas. Sólo esperas que no te pase algo semejante y te cuidas de no tomar más de la cuenta.

18.

Otro día que pasa muy lento en la vida de Ramón Villafuerte, a pesar de que tiene varias cosas que hacer. Una vez
más, espera con impaciencia la llamada que le anuncie que
le ocurrió una desgracia a Felipe: por ejemplo, que termina
abruptamente la telenovela en la que está trabajando o que
cancelan la obra de teatro en la que va a participar, pero
la llamada no se produce, y Ramón Villafuerte se queda
con la amarga sensación que le causa el hecho de que su
venganza no se consume.

19.

La mañana amanece fresca, y después de desayunar Juan
Zárate se va al jardín a tomar el sol; se sienta en la fuente. Un
momento después, lo alcanza Eleazar Santamaría. Las cámaras captan sus movimientos, pero los micrófonos no alcanzan
a registrar las conversaciones, que acallan el ruido de la fuente y la distancia. Eleazar le dice a Juan que el otro día vino
a verlo un cuate y le trajo un toque de marihuana, que si se
le antoja. Juan Zárate dice que sí, que gracias. Eleazar Santamaría urde un plan: en cuanto salga Salvador Álvarez del
cuarto que comparte con Eleazar, éste irá al baño, se dará
un toque y lo dejará ahí para que Juan Zárate haga lo mismo.
A Juan Zárate lo entusiasma la idea: se siente como un niño
haciendo una travesura. Salvador Álvarez no tarda mucho

en salir, bien abrigado. "Está haciendo frío, ¿verdad, mu-chachos?", comenta. "Sí, algo", responde Juan Zárate. Eleazar Santamaría les dice: "Ahorita vengo: voy al baño". Durante la ausencia de éste, Juan Zárate y Salvador Álvarez platican de nimiedades. Eleazar Santamaría no tarda mucho en regre-sar. "Ahora me toca a mí", dice Júan Zárate y se va al baño de la recámara que comparten Eleazar y Salvador. Sobre el lavabo está el toque prometido, junto con un encendedor. Juan Zárate le da varias fumadas; le produce cierto placer saber que los labios de Eleazar Santamaría estuvieron en contacto con el toque que ahora fuma. Le da una especie de risita nerviosa, que controla de inmediato. Apaga la bacha y la guarda con el encendedor en uno de sus bolsillos, como le pidió Eleazar, y va a reunirse de nuevo con sus amigos.

20.

Que le vaya mal, que le vaya muy mal, que le vaya de la chingada.

21.

Alma Ramírez se siente mejor no sólo por el antidepresivo que le recetó el médico de la casa: ahora se da cuenta de que hay otro factor que contribuye a su bienestar: está enamorada de Juan Zárate; le gusta su trato delicado y amable, su sonrisa sincera. Disfruta de las conversaciones casi íntimas que tiene con él; ahora hay más confianza entre ellos dos y valora mucho la capacidad que tiene Juan Zárate de escucharla. Sin embargo, Alma Ramírez se dice que va a mantener sus sentimientos en secreto por dos poderosas razones: la primera es que no quiere que todo el mundo (y aquí sí está hablando de millones de personas, no únicamente de su familia) se entere de lo que está viviendo, como le pasó a Juan Zárate con Eleazar Santamaría; y la segunda, que Juan Zárate difícilmente podría corresponderle, ya que sus preferencias sexuales van en otro sentido. De cualquier manera, Alma Ramírez disfruta de ese sentimiento, que por sí solo considera benéfico para su estado de ánimo.

22.

Elvira Reséndiz piensa a menudo en la muerte: sabe que nadie está a salvo de ella, claro, pero Elvira siente más cerca la posibilidad de morir, por lo que experimenta la necesidad de confesarse y comulgar. Supone que no enfrentará ningún obstáculo por parte de la producción cuando les comunique su deseo y está en lo cierto: la única condición que le ponen es que lo graben las cámaras y los micrófonos del programa. Elvira Reséndiz duda un poco, pero después de un brevísimo examen de conciencia acepta: en realidad no tiene ningún pecado grave cuya confesión pudiera avergonzarla. Los miembros de la producción hablan con el sacerdote de la parroquia más cercana, el mismo que ofició la misa cuando se inició el programa de *Muérete y gana*, pero él se niega a hacerlo y les dice que no puede jugarse con un sacramento como es la reconciliación. Elvira Reséndiz lo entiende, pero no deja de sentirse triste y frustrada.

23.

"No se preocupe: ni duele, ni huele", le dice el radiólogo a Eva Preciado al notarla un poco nerviosa. Es la primera vez que le dan radiaciones a Eva: antes la habían tratado con quimioterapia, pero el cáncer cervicouterino que padece no cedió del todo. Ahora van a buscar los médicos otra alternativa. Eva Preciado se siente esperanzada: quizá la vida le va a regalar más tiempo. No le importa tanto dejar de ganar el concurso de *Muérete y gana* con tal de seguir estando con sus hijos.

24.

Por fin Ramón Villafuerte tiene noticias de Felipe, aunque no las que esperaba: su amiga Nadia le llama para comentarle que asistió al estreno de la obra en la que participa Felipe y que les fue muy bien. La obra es una comedia muy divertida y Felipe está muy simpático. Ramón Villafuerte sospecha que hay en las palabras de su amiga (¿su "amiga"?) algo de intrigoso, pues ella no ignora que Ramón y Felipe ya no están juntos, pero en el fondo le agradece que le haya hablado por teléfono, pues le comunica novedades sobre Felipe de viva voz. Quizá Nadia no va a ser la única que le llame con este propósito, aunque sí es la que le da noticias frescas, justo al día siguiente del estreno de Felipe. Ramón habría querido que su examante fracasara, por supuesto, y se queda con una sensación de amargura después de la llamada. Por si fuera poco, al día siguiente leerá en un periódico una crítica elogiosa de la obra de marras, y se prometerá ya no tratar de estar al tanto en relación con Felipe.

25.

Durante la semana, los personajes de *Muérete y gana* se dan vuelo escogiendo ropa en el departamento de vestuario de la televisora: el tema del domingo se llama "Noche de carnaval". Todos tratan de elegir el atuendo más vistoso y el que mejor les quede, y todos lo lucen el día del programa, a pesar de sus limitaciones, como la cojera de Salvador Álvarez y la bombilla de oxígeno que nunca deja Margarita Rivera. En esta ocasión, el ganador es Juan Zárate, que lleva un vestido de mujer, un tocado y un maquillaje muy llamativos. Como la vez anterior, Ramón Villafuerte se toma un tranquilizante que le permite fijar una sonrisa en su rostro, no por falsa menos verosímil. A decir verdad, Ramón Villafuerte no sólo ingiere la que llama "píldora de la felicidad" para conciliar el sueño y estar de buen humor durante la transmisión de su programa: varios días de la semana la consume para dejar de obsesionarse por la traición de Felipe, ese perro desgraciado y malagradecido que en mal momento vino a arrebatarle la paz y el entusiasmo de los cuales gozaba.

26.

Isaac Hurtado se ha preguntado muchas veces por qué la vida no le dio, como a otros, bienes materiales en abundancia, pero sólo hoy da con una respuesta, a la luz de sus creencias religiosas, que lo satisface. Siempre ha pensado que Dios toma las mejores decisiones para nosotros, aunque no podamos saber con certeza sus razones. Si Dios decidió que Isaac Hurtado pasara toda su vida con limitaciones, aunque con la posibilidad de cubrir sus necesidades y las de su familia, es porque eso fue lo más conveniente para él. Quizá la riqueza lo habría llevado a ser vanidoso y presumido; quizás el dinero, que alguna vez Cristo maldijo, lo habría conducido a la paradoja de pensar excesivamente en él: cómo multiplicarlo, cómo hacer que no disminuya. Tal vez habría perdido la posibilidad de vivir en el presente.

27.

Pasan las horas, los días y las semanas, y el "trabajo" que le hizo el brujo a Felipe no parece surtir efecto. Ramón Villafuerte se desespera. Afortunadamente la lectura es uno de sus consuelos, y encuentra en el libro que está leyendo, *Jacques el fatalista*, una posibilidad para vengarse de Felipe. Benditos sean los libros, concluye Ramón Villafuerte.

28.

Eva Preciado recibe una noticia que la deja muy preocupada: su comadre Rosaura tuvo un derrame cerebral y está hospitalizada. Quiere verla, y pide permiso a la producción de *Muérete y gana* para ir al sanatorio en el que está internada. El permiso le es concedido con la consabida condición de que las cámaras la acompañen. El hijo de Eva Preciado va con ella y con el equipo de producción. Eva se entristece al ver a su comadre inconsciente. Las cámaras captan el llanto silencioso de Eva Preciado y el estado de gravedad de su comadre Rosaura, así como las expresiones de desaliento de los familiares de ésta.

CUATRO

1.

Todo te esperabas menos esto: te llama Ramón Villafuerte para decirte que quiere platicar contigo. Tiene la amabilidad de preguntarte si puedes cenar con él mañana y tú le dices que sí, que por supuesto, aunque tendrás que cancelar un compromiso que ya habías contraído. Te pones un poco nervioso, o quizás emocionado, y te preguntas para qué querrá verte. Bueno, es obvio que para ofrecerte trabajo, pero lo que está por verse es la índole de éste: ¿será un trabajo en un reality, en alguna telenovela? Aunque cabe también la posibilidad de que no quiera más que un acostón contigo. De cualquier manera, supones que su propuesta ha de ser algo interesante, incluso si sólo se trata de una cogida: al fin y al cabo, uno no tiene relaciones sexuales con Ramón Villafuerte todos los días.

2.

Sucede lo que Eva Preciado temía: muere su comadre Rosaura, a pesar de las oraciones de Eva, quien se pregunta si realmente tiene caso rezar en este tipo de situaciones; aparentemente Dios no siempre nos escucha. Quizá sólo rezamos por nosotros, para tranquilizarnos, o quizás el verdadero sentido de la oración es que nos ayuda a aceptar la voluntad de Dios. Eva Preciado pide permiso a la producción de *Muérete y gana* para asistir al velorio de su comadre y se lo conceden con la condición de siempre: que la acompañen las cámaras y micrófonos. Eva duda un poco: ¿no estará quitándole seriedad al asunto? Pero, por otra parte, si no va, no podrá despedirse de su comadre. Decide consultarlo con los familiares de ésta, quienes acceden, y en la noche Eva pasa unas horas en el velatorio donde está su comadre. Se acerca al ataúd y le dice en voz baja que, Dios mediante, ya se verán en la otra vida.

3.

Nunca habías estado en un lugar tan elegante, ni por lo demás tan caro: cualquier platillo cuesta una fortuna. No se te ocurre qué pedir. Afortunadamente Ramón Villafuerte salva la situación y te pregunta si te parece bien que ordenen una parrillada para los dos, y estás de acuerdo. Ramón Villafuerte parece estar dispuesto no sólo a complacerte, sino a adelantarse a tus deseos y pide una botella de champaña: "Por el gusto de conocerte, Leonardo", dice. "Gracias, Ramón: es usted muy amable", replicas. "Quedamos en que me ibas a tutear: si no, me vas a hacer sentir viejo". "Bueno, es porque te respeto mucho", le dices. Ramón Villafuerte no suelta prenda respecto al motivo del encuentro contigo, pero te dices que no importa: cualquiera que sea el resultado de la entrevista con Ramón, estás dispuesto a pasar una noche agradable. Cuando terminan de cenar, Ramón Villafuerte te invita a su casa; le dices que sí, que por supuesto, y crees adivinar sus intenciones. Pero no te decepcionas: incluso si Ramón Villafuerte sólo quiere tener relaciones sexuales contigo, puede convertirse en un cliente regular, lo que no deja de convenirte.

En su casa, te ofrece Ramón Villafuerte una copa más, que aceptas. Te explica por fin el motivo de su encuentro: quiere que hagas un trabajo que podría llamarse de actuación, aunque no en el sentido convencional del término. En pocas palabras, se trata de que conquistes al actor Felipe Torres y hagas que se enamore perdidamente de ti. Para esto, te harás pasar por un hijo de familia, estudiante y admirador de Felipe. Ramón Villafuerte está seguro de que Felipe caerá en tus redes, y cuando esté locamente enamorado de ti, lo abandonarás y no volverás con él. Ramón Villafuerte se dará por bien pagado con el sufrimiento de Felipe. A cambio de tus servicios, Ramón te dará una suma considerable de dinero, más alta de lo que podrías recibir por cualquier contrato de actuación. El trabajo que te ofrece Ramón te parece un reto interesante, incluso divertido, y le dices que con gusto lo aceptas. Te muestras discreto y no le preguntas cuáles son sus motivos. Sellan el pacto con otra copa. Brindan.

La noche no estaría completa si no cogieran, piensas, y Ramón Villafuerte parece leerte el pensamiento, porque se levanta y va a sentarse al sillón en el que estás. "Eres un muchacho muy bonito", te dice, y te hace una caricia en la mejilla; roza con sus dedos tus labios. Le das las gracias y añades, mintiendo un poco: "Tú también eres muy guapo, Ramón". Se te acerca un poco más y te besa en la boca. El beso se prolonga y te excita. "Vamos a la recámara", sugiere Ramón. Se levanta y lo sigues. La cogida no es memorable, piensas después, aunque tampoco desagradable; parecería más bien tratarse de algo amistoso. Ramón Villafuerte, al contrario de otros clientes tuyos, no es muy bueno en la cama. Supones que, a pesar de su edad, tiene poca experiencia: quizá siempre ha tenido parejas fijas, lo que lo ha limitado en el aprendizaje de trucos y habilidades. Pero sabe suplir sus deficiencias con gestos de amabilidad. Piensas que te cae bien y que te gustaría tener una amistad con él, no desprovista de interés.

Ramón Villafuerte, después, te pregunta si quieres quedarte a dormir; le das las gracias y le contestas que no, que tienes que hacer varias cosas al día siguiente. Ramón pone en el bolsillo de tu camisa varios billetes, que, comprobarás después, constituyen una buena suma. Haciendo gala de su caballerosidad, Ramón Villafuerte le pide a su chofer que te lleve a tu casa. Se despiden con un beso y un abrazo, como si fueran viejos amigos.

4.

"Lo único que tengo es este día y eso está por verse", piensa Isaac Hurtado.

5.

Ramón Villafuerte se queda con un agradable sabor de boca después del encuentro con Leonardo: ¿quizá paladea por anticipado el gusto de la venganza? Ésta será por partida doble, piensa Ramón: en primer lugar, engañará a Felipe haciéndole creer que Leonardo es un hijo de familia, cuando en realidad está muy lejos de serlo: Felipe se llevará un gran chasco cuando se entere de la verdad. En segundo lugar, Felipe sufrirá por el abandono de Leonardo cuando ya esté enamorado de él: dos castigos para un traidor. ¡Cómo los disfrutará Ramón Villafuerte cuando llegue el momento!

6.

Margarita Rivera tiene la respiración sibilante desde hace varios días, pero no se preocupa demasiado, pues piensa que ya pasará. Sin embargo, hoy sufre una crisis y su dificultad para respirar aumenta; se desmaya mientras está desayunando, por lo que la revisa de inmediato el médico de guardia, quien hace que la internen en el hospital donde tratan a los personajes de *Muérete y gana*. Margarita Rivera piensa que ahora sí ya se va a morir, y aunque ya había perdido el miedo a la muerte, lo experimenta de nuevo. En el hospital, la someten a nebulizaciones y al cabo de unas horas consigue cierta mejoría: al parecer, una vez más vencerá a la muerte, quién sabe si para bien o para mal.

7.

Juan Zárate se pregunta si él y Rogelio Sánchez son realmente amigos: se conocen desde hace varios años; tienen algunos intereses comunes, como la literatura; se llaman por teléfono y salen ocasionalmente juntos. Pero la relación que tienen es peculiar: se lanzan pullas y se agreden a menudo; sobre todo Rogelio es víctima de la animadversión de Juan Zárate, por lo que éste se pregunta si aquél es hijo de la mala vida. Sin embargo, algún lazo misterioso los une, pues nunca dejan pasar demasiado tiempo sin hablarse: quizá Juan Zárate proyecta en Rogelio algunos aspectos de su junguiana sombra. Anoche sueña a Rogelio. Está Juan Zárate en una especie de festividad, y de pronto ve aparecer a Rogelio Sánchez vestido con un pantalón oscuro y un suéter rojo. Rogelio sale a un balcón y luego se mete a un edificio. Casi inmediatamente vuelve a salir, ahora con un traje; el rápido cambio de ropa llama la atención de Juan. Rogelio entra de nuevo al edificio y al poco tiempo reaparece con otro atuendo. El hecho no deja de sorprender a Juan, que penetra en el edificio donde está Rogelio. Sube a una especie de terraza donde ve a Rogelio, pero no es uno solo, sino varios, por lo menos tres, todos con ropas diferentes. A Juan le parece un tanto inverosímil la situación, y piensa que sería un buen tema para un cuento sobre alguien al que clonan. Se va de ahí y camina por un pequeño jardín, donde se encuentra a su amiga Norma, una excompañera de la universidad. Se saludan con gusto. Al fondo se ve la figura de Rogelio Sánchez. Norma le pregunta a Juan si lo conoce. Juan dice que sí. Norma le comenta que ha leído algunos de sus libros y le pide que se lo presente. Juan Zárate se da cuenta entonces de que ha olvidado el nombre de su amiga y va a vivir una situación incómoda al presentarlos, pero se le ocurre una pequeña treta; le pregunta: "Pero ¿qué le digo?". La treta funciona: "Nada más le dices: 'Te presento a mi amiga Norma'". Ahí se interrumpe el sueño de Juan Zárate, que le parece un tanto divertido.

8.

Comienza tu "entrenamiento" con Ramón Villafuerte, que te da tu primera lección en un restaurante, tan lujoso como el primero al que fueron. Te enseña cuándo poner la servilleta sobre tu regazo, cómo usar cada cubierto de los varios que hay, para qué es cada copa, qué vino combina mejor con cada platillo, etcétera. Te produce cierto entusiasmo aprender algo nuevo, aunque te preguntas si te servirá de algo toda esa información.

Después de la cena van, como la vez anterior, a la casa de Ramón Villafuerte y también terminan cogiendo, sólo que en esta ocasión notas a Ramón Villafuerte más suelto en la cama, por lo que supones que se debe a que ya te tiene más confianza. Al terminar, te paga Ramón Villafuerte una buena suma de dinero, al igual que la primera vez más de lo que esperabas, y te pide que te quedes a dormir para ir de compras al día siguiente. Aceptas.

Después de desayunar, visitan varias tiendas de ropa de la que el vulgo llama "de marca". Ramón te compra varias camisas, dos pantalones, un traje, un suéter y un par de zapatos, todo a tu gusto y al de Ramón Villafuerte. Te sientes como niño con juguetes nuevos. Haces un rápido cálculo de lo que pudo haber gastado en ti Ramón Villafuerte y piensas que debió haber sido mucho, aunque, concluyes, cada quien emplea su dinero como mejor le parece.

9.

Después de dos días, sale Margarita Rivera del hospital. Se siente cansada, débil, pero agradece la mejoría de su salud y le da gusto encontrarse de nuevo con sus compañeros de la casa de *Muérete y gana*.

10.

Ramón Villafuerte está otra vez contento y vuelve a dormir bien, sin necesidad de medicamentos. Lo alegran sus planes de venganza, que van concretándose, pero sobre todo regresa el entusiasmo por su reality, cuyo éxito es innegable. Disfruta incluso de esa especie de romance que tiene con Leonardo. Bueno, no, no es un romance, pues los sentimientos están ausentes de esa "amistad colorida", como dicen los brasileños, pero sí satisface sus necesidades sexuales, que se habían apagado. Todo va, pues, muy bien. No le puede pedir más a la vida.

11.

Sueñas que estás en un cuarto grande donde duermen tres muchachos. Te preguntas si serán gays. En una cama está uno, y en la otra, dos. En la cama que ocupan dos, uno de ellos roza con su cabeza el sexo del otro, pero te dices que la posición puede ser accidental, debido al sueño. Luego te lavas el pelo en un lavabo que está en el cuarto; encuentras shampoo, que, supones, pertenece a una muchacha que no aparece en el sueño. Cuando terminas descubres que hay también una regadera y decides bañarte; te despojas de tu ropa y te duchas. En eso entra al cuarto un hombre mayor, conocido tuyo, y sabes que te ve, lo que te causa placer. Después sale del cuarto. Cuando acabas de bañarte, volteas hacia donde están los muchachos, que ahora se encuentran desnudos, y dos de ellos, abrazados. Te preguntas qué pasaría si te les unieras y los acariciaras. Pero el sueño se interrumpe aquí y te despiertas con una potente erección. Te sobas la verga durante un buen rato.

12.

Le hacen nuevos análisis a Eleazar Santamaría: su cáncer no está en remisión, como en un principio había pensado el neurólogo, pero sí se encuentra encapsulado el tumor. Es una buena noticia, claro, aunque la producción de *Muérete y gana* no sabe qué medidas tomar. Después de discutirlo deciden finalmente que Eleazar Santamaría se quede en el programa: sólo en caso de que los participantes sanen serán eliminados. A Eleazar Santamaría le da gusto la noticia de que permanecerá en *Muérete y gana*: ya se ha encariñado con los demás personajes, a quienes ahora ve como si fueran de su familia, y ha llegado a disfrutar de la rutina diaria.

13.

Como parte de tu entrenamiento, Ramón Villafuerte te inscribe en el centro de capacitación actoral de la empresa televisiva donde trabaja. Todas las materias te parecen interesantes y te divierten los ejercicios a los que someten a los alumnos. Disfrutas de la sensación de ser otra vez un estudiante, que hacía tiempo no tenías. No sólo eso: encuentras en las clases un aliciente extra: varios de tus compañeros son muy guapos y estás seguro de que algunos de ellos son gays; dos o tres te coquetean abiertamente y no dudas de que terminarás teniendo relaciones sexuales con algunos de ellos.

14.

Juan Zárate siente una ligera ansiedad, que atribuye al aburrimiento: lleva ya muchas semanas encerrado ahí, en la casa de *Muérete y gana*. Extraña sus largas caminatas por el centro de la ciudad, sus recorridos por las librerías de viejo, pero sobre todo echa de menos sus visitas a los baños de vapor. De poco o nada le sirve la convivencia con sus compañeros: tiene la impresión de que las conversaciones empiezan a repetirse. Y sí, le sigue gustando mucho Eleazar Santamaría, y no le desagrada platicar con él, pero se trata de una amistad un tanto estéril, sin el complemento del sexo. Su único consuelo es la masturbación, de la que quizás abusa un poco. Otra de las cosas que ha perdido momentáneamente es su soledad, de la que también disfrutaba mucho: esas horas pasadas en su cuarto leyendo o simplemente rascándose los huevos, como dice el vulgo. Con frecuencia se pregunta cuándo terminará el reality en el que participa y si tendrá él la fortuna de salir con los pies por delante: sería una buena compensación para sus padres, que tanto lo han ayudado y consentido.

15.

Te pide Ramón Villafuerte que por lo pronto dejes tu trabajo de stripper: aunque Felipe Torres no es afecto a visitar ese tipo de lugares, no vaya a ser la de malas que por casualidad asista al antro donde te presentas y te conozca, lo cual haría que se vinieran abajo los planes de Ramón. Aceptas. Para compensártelo, te ofrece Ramón Villafuerte pagarte el doble de lo que ganas ahí, además del dinero que te da por tu entrenamiento. Reconoces que te conviene el trato, aunque piensas que vas a extrañar el placer que te produce sentir en tu cuerpo la mirada de los otros. Le preguntas a Ramón Villafuerte si puedes conservar el trato con tus clientes y te dice que sí. Estás contento: nunca habías recibido tanto dinero por tan poco trabajo.

16.

Este domingo, el tema del programa se titula "Fantasía mexicana". Durante la semana, los personajes ensayan canciones rancheras con pista, que luego interpretarán con un mariachi en vivo, y se prueban atuendos nacionales. La única que no participa es Margarita Rivera, pues todavía se encuentra un poco delicada. Cuando llega la noche del concurso, todos realizan su mayor esfuerzo y los ganadores son Eleazar Santamaría, que interpreta "El rey", con traje de charro, y Alma Ramírez, que canta "Los laureles", vestida de tehuana. Cada uno se lleva diez mil pesos. También se presenta un reportaje sobre Margarita Rivera, que la muestra hospitalizada y haciendo nebulizaciones. El rating del programa sigue aumentando, lo que no deja de halagar a Ramón Villafuerte, cuyo estado de ánimo se encuentra también en su mejor momento. Para celebrarlo va a cenar, como en otras ocasiones, con los miembros de la producción y uno que otro amigo.

17.

Ramón Villafuerte comprueba con gusto que el programa *Muérete y gana* se ha prolongado más de lo que había previsto, y se pregunta si la gente se aferra a la vida por más mal que se encuentre, aunque de hecho se trata de una pregunta retórica, pues está seguro de que la respuesta es afirmativa. Para renovar el programa, le habla por teléfono a su compositor de cabecera y le pide que escriba dos nuevas canciones y algo de música incidental.

18.

Salvador Álvarez maldice la vida que le tocó vivir: nunca la disfrutó plenamente, ni siquiera cuando estaba sano, pero ahora sólo es un estorbo, una molestia. Los únicos momentos agradables que tiene son las visitas de su mujer y sus hijos, aunque son más breves y espaciadas de lo que quisiera. Salvador Álvarez no se pregunta si hay vida después de la muerte, ni cómo será aquélla en caso de que exista, ni le interesa mucho la cuestión: lo único que le importa es que termine su sufrimiento, aunque tampoco pretenda ponerle fin a sus días por un temor obsoleto: cuando era niño, oía decir que los suicidas se condenaban.

19.

Eleazar Santamaría recibe hoy la visita de su exnovia Marina. Siguen siendo muy buenos amigos, ya que la relación amorosa se terminó por común acuerdo. La causa de la ruptura fue que cada uno tenía diferentes objetivos: Marina quería tener hijos y Eleazar no deseaba ese tipo de compromisos, que veía como una atadura; de hecho, cuando se disolvió la relación entre ambos, Eleazar Santamaría decidió irse a vivir a Australia. Pero él y Marina siempre se mantuvieron en contacto, y cuando Eleazar regresó de Australia retomaron la amistad en el punto en que se había quedado y empezaron a salir ocasionalmente. Aunque luego dejaron de frecuentarse por la enfermedad de Eleazar Santamaría, su exnovia ha seguido llamándole para saber cómo se encuentra. En esta ocasión platican animadamente, como siempre que se ven, y Marina le cuenta sus planes de poner una agencia de publicidad; por su parte, Eleazar Santamaría le revela a Marina detalles de la vida en la casa de *Muérete y gana*. Antes de irse, Marina le hace un pequeño regalo, que le había prometido por teléfono: un paquetito de marihuana. Eleazar Santamaría se lo agradece sonriendo, y piensa que, como la vez anterior que tuvo el alcaloide de marras, lo compartirá con Juan Zárate. Marina y Eleazar se despiden cariñosamente.

20.

"¿Y si no le gusto a Felipe?", le preguntas a Ramón Villafuerte. "Estoy seguro de que no sólo le vas a gustar: le vas
a encantar —responde Ramón—, eres un muchacho precio-
so". "Gracias", le dices. "Además —añade Ramón Villafuerte— tienes muchas cualidades que él valora; bueno, tu
"personaje": Felipe siempre ha tenido una marcada preferencia por los chavos que son hijos de familia, por los estudian-
tes… Pero me gusta que seas humilde y que dudes de tu
atractivo: eso es también un punto a tu favor".

21.

Por paradójico que parezca, Margarita Rivera se reconcilia
con la vida durante su crisis de salud. Vuelve a disfrutar de
las cosas que antes le eran indiferentes, o incluso molestas,
como la comida, y deja de pesarle estar pegada todo el tiempo
a su tanque de oxígeno o a su bombilla: ahora lo ve como el
precio que paga por estar viva, lo cual agradece.

22.

Juan Zárate recibe por teléfono una mala noticia: se murió
de sida uno de sus amigos. Su muerte lo entristece y lo toma
un poco por sorpresa, pues su enfermedad parecía estar bajo

control. Pero nunca se sabe cuándo puede atacarlo a uno una enfermedad oportunista. Juan Zárate no sabe si asistir al velorio de su amigo, aunque termina decidiendo no hacerlo, para evitar toda esa faramalla de asistir acompañado por las cámaras y micrófonos de la producción de *Muérete y gana*. Prefiere quedarse en la casa y, aunque no es creyente, rezar por él un padrenuestro: no se le ocurre otra cosa.

23.

Ahora es Salvador Álvarez quien se pone mal: tiene vómitos frecuentes y un fuerte dolor de cabeza. El médico de la casa le da algunos medicamentos, pero su malestar no cede, por lo que lo internan en el hospital. Salvador Álvarez piensa que tal vez ya está cerca la hora de su muerte, pero no tiene miedo: más bien la desea. Sin embargo, su salud mejora después de tres días hospitalizado y regresa a la casa de *Muérete y gana* sintiéndose mejor.

24.

Elvira Reséndiz no podía estar más contenta: acaba de nacer su segundo nieto. El niño nació sano, con buen peso y estatura, y la hija de Elvira Reséndiz, la reciente madre, se recupera satisfactoriamente. Por un momento, Elvira se olvida de sus achaques de salud y le agradece a Dios por lo que ve como una bendición. Se pregunta si las mujeres que son abuelas disfrutan más de los nietos que de sus hijos, pues la crianza de los hijos propios no deja de tener un componente de preocupación y pesar, mientras que con los nietos todo es alegría. Se muere de ganas por conocer a su nieto y tenerlo en sus brazos, pero sabe que deberá esperar un poco para que puedan sacarlo de la casa y traerlo a que visite a su abuela. Sólo le pide a Dios que le dé vida suficiente para que consiga llegar a ese momento. Elvira Reséndiz no puede evitar pensar que así como Dios le quitó un hijo, ahora la compensa dándole un nieto.

25.

El trato frecuente con los habitantes de la casa de *Muérete y gana* le hace pensar a Ramón Villafuerte que algún día sufrirá la pérdida de su madre: teme su muerte como pocas cosas y sabe que difícilmente se repondrá. Por ahora, ella goza de una inmejorable salud, pero Ramón Villafuerte sabe que tarde o temprano ocurrirá el desenlace inevitable. Es cierto que Ramón Villafuerte puede morir antes que ella, lo que le evitaría un gran dolor, pero no es muy probable que por la edad de su madre las cosas se den de esa manera.

26.

Este domingo el tema del concurso semanal se llama "Estampas de la historia de México" y, como su nombre lo indica, los participantes se disfrazan de personajes históricos. Los ganadores son Isaac Hurtado, que hace el papel de Benito Juárez, y Elvira Reséndiz, en el de Josefa Ortiz de Domínguez. Elvira tiene, pues, esta semana dos motivos de alegría: el primero, y el más grande, el nacimiento de su nieto, y el segundo, el premio de diez mil pesos por su caracterización de la Corregidora. En el programa de hoy se estrena una canción, cuya primera cuarteta dice: "Ay, qué vida tan jodida: / Tengo cáncer, tengo sida. / Ojalá que ya me muera: / Me está matando esta espera". El público presente ovaciona al popular cantante que la interpreta. Asimismo, se presenta un reportaje sobre Salvador Álvarez, que lo muestra primero en una consulta con el médico de la casa; luego durante su estancia en el hospital, y por último, en su salida de éste y su llegada de nueva cuenta a la casa de *Muérete y gana*. Como siempre, el rating es excelente. Ramón Villafuerte, satisfecho, no deja de sonreír.

27.

Tienes que reconocerlo: Felipe Torres es mucho más guapo en persona que en fotografías o en la televisión. Siguiendo las indicaciones de Ramón Villafuerte, vas a ver la obra teatral en la que actúa Felipe. La comedia te divierte, aunque no es la gran cosa. Sin embargo, te pide Ramón Villafuerte que pases al final de la función al camerino de Felipe y le digas que te gustó mucho la obra y que el trabajo de Felipe es una cátedra de actuación en comedia, que su *timing* es perfecto.

Felipe Torres recibe halagado tus elogios, que te agradece, y, con ese don que tienes para descifrar la mirada de los otros, puedes notar que le gustas. Le dices a Felipe que estás estudiando actuación y que vas a regresar para ver de nuevo la obra. Felipe Torres te da las gracias por tus palabras laudatorias y te dice que por ese tipo de comentarios bien vale la pena el esfuerzo realizado. Conversan durante unos minutos y, por último, le pides que se tome una foto contigo, a lo cual accede amablemente. Le das la mano para despedirte, y él te atrae hacia sí y te da un abrazo. Sales del camerino satisfecho por haber cumplido a la perfección con tu trabajo.

28.

Mientras cenan, Leonardo le hace a Ramón Villafuerte la reseña de su primer encuentro con Felipe Torres. Ramón sonríe complacido por la manera en que se dieron las cosas: su venganza se ha iniciado con éxito. Terminan yendo a la casa de Ramón Villafuerte y, como casi siempre que se ven él y Leonardo, tienen relaciones sexuales. Ramón no podría estar más satisfecho.

29.

El hijo menor de Eva Preciado le da una mala noticia: el perro, al que tanto querían, se salió a la calle y lo atropellaron.

Lo llevaron de inmediato con el veterinario y éste les dijo que posiblemente tendría que operarlo, que lo dejaran ahí durante la noche y que al día siguiente les tendría noticias de él. Desgraciadamente, el perro empeoró y el veterinario tuvo que "dormirlo". Eva Preciado se pone muy triste y derrama unas cuantas lágrimas. Eva le pregunta a su hijo cuándo pasó la desgracia y él le dice que hace tres días, pero que no quisieron comunicársela por teléfono: prefirieron hacerlo personalmente.

30.

La nieta de Salvador Álvarez hace su primera comunión. Como siempre en estos casos, la producción de *Muérete y gana* le da permiso de asistir, siempre y cuando lo acompañen las cámaras y micrófonos. Salvador Álvarez acepta la condición: por nada del mundo le gustaría perderse ese acontecimiento.

Salvador Álvarez se emociona mucho durante la ceremonia, más de lo que esperaba, y sus ojos se le rasan de lágrimas. Espera no llorar abiertamente, y para controlar ese deseo hace unas respiraciones profundas. No sólo lo conmueve la ceremonia: también la idea de que él no estará presente en otros momentos importantes de la vida de su nieta, como sus quince años y su posible casamiento. Pero le da gracias a Dios por permitirle ser testigo de la primera comunión de la aún niña. La celebración prosigue con una comida en la casa de la hija de Salvador y éste se encierra un momento en el baño para derramar algunas lágrimas sin que nadie lo vea. Después de algunas horas, la fiesta termina. La producción graba suficiente material para hacer un reportaje especial, que se exhibirá el próximo domingo.

31.

De acuerdo con las indicaciones de Ramón Villafuerte, vas de nuevo al teatro donde se representa la comedia en que actúa Felipe Torres, pero te sales un poco del guion pautado y compras en la entrada un ramo de rosas. Disfrutas de la representación y le encuentras a la obra algunas virtudes que no le habías visto la primera vez. Al terminar la función, vas al área de camerinos y tocas a la puerta del de Felipe. Él dice: "Adelante", y entras. Se sorprende al verte ahí y te recibe con una sonrisa. "No esperaba que regresaras tan pronto, Leonardo", te dice. Le entregas el ramo de rosas, que también constituye una sorpresa para Felipe Torres. "Muchas gracias —te dice—; hacía mucho tiempo que nadie me regalaba flores." Piensas que tal vez miente, pues has visto que en ocasiones como los estrenos teatrales o las cien representaciones, se acostumbra dar flores. "Es lo menos que podía hacer —le dices— para agradecerte esta clase de actuación". "Qué amable eres", te dice. Platican unos minutos y luego te pregunta si tienes algún plan para esta noche. "No, ninguno", le dices. Te invita a cenar. Aceptas y le das las gracias. Te pide que lo esperes afuera mientras se quita el maquillaje y se cambia; te promete hacerlo rápidamente. Sales del camerino y te congratulas de que las cosas vayan tan bien, mejor de lo que esperabas.

En el restaurante, toman primero una copa para brindar: "Por este encuentro", dice Felipe. "Por este encuentro", repites, y chocas tu copa con la de él. Platican de muchas cosas: como Ramón Villafuerte, Felipe Torres es un buen conversador, acaso mejor. Te hace algunas preguntas sobre tu pasado, que no tienes empacho en contestar con la verdad, o con verdades a medias, pues no le dices que tu padre es comerciante, aunque cuando se van acercando a épocas más recientes, tienes buen cuidado de ocultar lo relacionado con la forma en que te ganas la vida. De pronto te dice: "¿Te puedo hacer una pregunta indiscreta?". "Sí, claro". "¿Tienes compromiso con alguien?". "No", contestas. "Qué bueno —dice él, sonriendo—; eso me deja el campo libre". Sonríes también. Por último, te pregunta si se te antojaría ir a las grabaciones de la telenovela en la que participa y le contestas que sí, que claro, que te entusiasma la idea. Quedan de verse el lunes, pues el fin de semana rara vez trabajan. Se despiden dándose un abrazo que, en tu opinión, parece prolongarse más allá de lo habitual en estos casos.

32.

Juan Zárate pasa una pésima noche: le viene una crisis de diarrea como hace tiempo que no padecía. Prácticamente no sale del baño. Se asoma al pequeño consultorio para ver si lo puede atender el médico de guardia, pero la puerta está cerrada y piensa que el médico tal vez está durmiendo, por lo que decide no molestarlo y esperar a que su malestar desaparezca por sí solo. Va al comedor y toma una Coca-Cola del refrigerador: en otras ocasiones ha mejorado con ese refresco. Se lo bebe a grandes tragos, pero sólo consigue que su estómago se irrite más. Luego le dan escalofríos. Vuelve a la cama y se arropa bien, hasta entrar en calor. Entre sus idas y venidas al baño, se asoma al consultorio, que sigue cerrado. Únicamente lo encuentra abierto cuando ya ha amanecido y entra. Le explica al médico lo que le sucede, y éste le da un suero con electrolitos y unos medicamentos. Sin embargo, su problema de salud no cede, por lo que el médico decide internarlo en el hospital. Juan Zárate accede dócilmente.

33.

Este domingo el concurso semanal se llama "Vamos a la playa" y los participantes portan ropa alusiva: trajes de baño, bikinis, etcétera. Los ganadores son Margarita Rivera, que se disfraza de mujer buzo y no se despega de su bombilla de oxígeno, e Isaac Hurtado, que lleva un traje de baño antiguo con gruesas rayas horizontales, lo que no favorece mucho su figura. El único que no participa directamente es Juan Zárate, pues se encuentra hospitalizado, pero es tema de un reportaje especial que lo muestra, primero, en su visita al médico de guardia de la casa, y luego en el hospital, donde le ponen suero y medicamentos intravenosos. También hay un reportaje sobre la primera comunión de la nieta de Salvador Álvarez, quien respira aliviado al ver que las cámaras no lo muestran conmovido y a punto de llorar. El rating de la emisión se mantiene en un nivel muy alto, lo que complace sobremanera a Ramón Villafuerte. Éste lo festeja, como casi todos los domingos, yendo a cenar con el equipo de producción. Prefiere no decirle a Leonardo, que había asistido al programa como su invitado, pues le parece riesgoso para sus planes que los vean juntos, y le da cita en su casa para una celebración privada.

34.

Visitas a Felipe Torres en las instalaciones de la televisora donde trabaja. Le da mucho gusto tu presencia y te agradece haber aceptado su invitación. Te toca verlo actuar en varias escenas y te sorprende la rapidez con que se graban. Otra cosa que te llama la atención es que los sets son muy pequeños: no los imaginabas así. En un descanso que tiene Felipe Torres te da un recorrido por otros estudios. "Para que te vayas acostumbrando —dice—; estoy seguro de que muy pronto trabajarás aquí". Le agradeces sus buenos deseos. Te invita a comer cuando termine de grabar sus escenas y le dices que muchas gracias, pero no puedes: tienes clases en la tarde. "Me gusta que seas tan formalito", dice, y tú sonríes.

"Te cambio la invitación para la noche —dice—; ¿puedes?".
"Claro que sí", le dices, y se despiden con un apretón de
manos y un abrazo.

35.

Si bien Juan Zárate nunca ha temido a la muerte, tampoco
la desea, o no la deseaba, porque durante su estancia en el
hospital, tiene una especie de visión en la que la muerte se
le revela como un lugar cálido y acogedor. Ahora quisiera
morirse pronto, no sólo por él, sino por sus padres, para dejarles el premio que ganaría en el concurso en que participa.

36.

Durante la cena, la plática toma derroteros más íntimos: Felipe
Torres te pregunta cuántas relaciones amorosas has tenido y
no mientes al decirle que sólo una, aunque ocultas la verdadera razón: prefieres ejercer libremente tu sexualidad, sin la
atadura de los compromisos. "¿Por qué? —te pregunta él—;
eres un muchacho muy guapo y muy interesante en muchos
sentidos". "No sé: así se han dado las cosas; quizá no he en-
contrado lo que se conoce como la media naranja". "¿No será
que eres muy exigente?". "Tal vez", le dices. "Está bien. Estás
en posición de exigir". Ahora le preguntas a Felipe cuántas
relaciones ha tenido él y te contesta que tres. "Tampoco son

muchas", le dices. "¿Sobre todo tomando en cuenta mi edad?".
"No, no quise decir eso". "Pero yo sí lo pienso. Lo que pasa
es que las tres han sido relaciones muy largas y, en general,
satisfactorias". La conversación sigue en ese tenor, no ajeno a
las personas que están conociéndose y que tienen un interés
recíproco. Después de cenar, Felipe Torres te pregunta si
quieres ir a su casa para tomar otra copa, y tú mientes y le
dices que mañana tienes que levantarte temprano, que mejor
otro día. Él sonríe y te acaricia la mejilla. Sonríes también.
Se despiden, como ya es su costumbre, con un abrazo, un
poco más prolongado de lo habitual.

37.

Isaac Hurtado desea a veces morirse. En otras ocasiones,
desea la salud, pues sabe que para Dios nada es imposible.
Así, se la pasa oscilando entre la resignación, o el deseo de
resignación, y la esperanza, o el deseo de esperanza, que no
alcanza a concretarse. Pero sólo hoy piensa que lo único que
es legítimo desear es la voluntad de Dios: aunque las dos
primeras posturas no están en contradicción con sus man-
damientos, lo que verdaderamente ha de agradarle al Padre
es la aceptación, como no se cansa de decirnos Jesús, de una
u otra forma.

38.

Suena el teléfono cuando estás dándole servicio a un cliente, como te gusta decir. Por respeto a él, no lo contestas y continúas con tu trabajo, como también te gusta decir. Sólo cuando has terminado, ves que la llamada perdida es de Felipe Torres, pero te esperas a salir a la calle para hablarle. "Hola, chiquito", te dice cuando contesta, con una familiaridad nueva en él. "Hola, Felipe, ¿cómo estás?". "Muy bien, ¿y tú?". "También". "No te llamo para nada importante: sólo quería oír tu voz", dice, y tú piensas. "Éste ya picó el anzuelo", y con cierta coquetería replicas: "Bueno, pero eso es importante, ¿o no?". "Tienes razón. ¿Estás ocupado?". "Ando en la calle", afirmas sin decir sí ni no. "Bueno, pues no te quito mucho tiempo: nomás te quería preguntar cuándo nos podemos ver". "Cuando quieras". "Yo siempre quiero —dice, insinuante, y propone—: ¿Mañana te parece bien?". "Sí, claro", aceptas. "¿Nos hablamos después, para ponernos de acuerdo?". "Sí". "Bueno, pórtate bien", dice. "Yo siempre me porto bien", le dices. "Ya lo sé. Te mando un abrazo". "Igual para ti", dices, y cuelgas.

39.

Unos entran y otros salen. A Juan Zárate lo dan de alta en el hospital, mientras que a Salvador Álvarez lo internan, pues vuelve a ponerse mal y cae en un coma insulínico. La familia de este último está preparada para lo peor y su mujer les habla por teléfono a sus hijos que viven fuera para que se vengan, temiendo que el desenlace esté próximo. Ella y el hijo que vive en la Ciudad de México se turnan para cuidar a Salvador Álvarez. Juan Zárate, por su parte, está contento por regresar a la casa de *Muérete y gana*, aunque no se le cumplió su deseo de morir. Sus compañeros, que ya le parecen viejos amigos, se alegran de verlo.

40.

Ramón Villafuerte recibe en su casa a Leonardo, quien lo pone al tanto de las novedades en relación con Felipe Torres. Leonardo le dice que Felipe ya muestra mucho interés por él; bueno, de hecho desde un principio, pero ahora ya parece buscar la oportunidad de tener intimidad con Leonardo: lo invita a su casa, aunque Leonardo se ha negado a ir hasta el momento; le llama con frecuencia; se muestra amable y hasta cariñoso en sus expresiones verbales, etcétera. "Nomás no te vayas a enamorar de él", le dice Ramón Villafuerte a Leonardo. "No, ¿cómo crees? Yo soy un profesional y sé hacer bien mi trabajo". Leonardo y Ramón, como siempre que se ven en la casa de éste, terminan teniendo relaciones sexuales, lo que no molesta ni agrada a Leonardo: simplemente lo ve como parte de sus obligaciones. Como ya es costumbre, Ramón Villafuerte le paga generosamente a Leonardo sus servicios.

41.

Eleazar Santamaría empieza a sentirse impaciente. La sensación es semejante a la que experimentaba en la escuela después de los exámenes, mientras esperaba a que entregaran las calificaciones, pero en este caso había un plazo, mientras que en el concurso de *Muérete y gana* las cosas parecen prolongarse indefinidamente, sin que nadie se muera para poner fin a la incertidumbre.

42.

De acuerdo con las recomendaciones de Ramón Villafuerte, esta vez, después de cenar, aceptas la invitación de Felipe Torres a su casa. Han platicado mucho desde que se conocieron, por lo que ya hay entre ustedes una relación de camaradería, si no de amistad. Tu "personaje", pues, ya se siente en confianza con Felipe. Además, al hacerte la invitación, te dice: "No te preocupes: no vamos a hacer nada que tú no quieras". Sirve dos copas: una para él y otra para ti. Decides beberla lentamente, pues ya tomaron algunas en el restaurante, y no quieres que afecte tu desempeño si pasan a la cama. Como en las películas antiguas, te dice "Espérame un momento: me voy a poner cómodo", y cuando lo ves regresar con una bata vistosa reprimes una risita. Esta vez se sienta junto a ti. Brinda contigo: "Por ti, Leonardo". "Por ti, Felipe", replicas. Acerca su cara a la tuya y te da un beso apasionado en la boca. Tú correspondes a su fogosidad. El beso te excita y puedes notar que a él también. Te desabrocha la camisa y acaricia tu pecho. Va un poco más allá y aprieta suavemente tu verga; actúas de la misma manera y acaricias la suya. "¿Quieres que pasemos a la recámara?", te pregunta. "Sí, sí quiero", contestas. Una vez ahí, se desnudan. Felipe chupa tus pezones y luego tus axilas. Tú te muestras poco emprendedor, como corresponde a tu personaje, aunque decides jadear un poco. Te mama después la verga y delicadamente te voltea para chupar tu culo. Gimes de placer. "Qué rico estás, papito", te dice. Suavemente, introduce un dedo en tu ano y te pregunta: "¿Te gusta?". "Sí, mucho", contestas. No puedes evitar hacer la comparación: al contrario de Ramón Villafuerte, Felipe Torres se muestra muy hábil en las cuestiones sexuales. Aprietas sus nalgas. Te pregunta: "¿Qué quieres hacer, papito?". Le respondes con otra pregunta: "¿Te puedo penetrar?". "Sí, mi amor". Felipe Torres te da un condón y te lo pones. Él se unta lubricante en el culo y luego se acomoda tu verga. La empujas un poco. Felipe sofoca un gemido. Fingiendo cierta torpeza, le metes una buena parte de tu verga. Él profiere un pequeño grito en el que se mezclan el placer y el dolor. Felipe Torres pega sus nalgas a tu bajo vientre y te dice: "Qué rica verga tienes, papito". "¿De veras?", preguntas simulando cierta incredulidad. "Riquísima, papito". Suspiras, esta vez con naturalidad. Ahora se mueven los dos acompasadamente, y tras unos minutos, te dice Felipe: "Ya me voy a venir". "Yo también", dices. "Ay, así, así, mi amor", dice él. Eyaculan los dos al mismo tiempo.

43.

Isaac Hurtado platica con Eva Preciado y Margarita Rivera. Esta última les comenta a sus compañeros una impresión que tiene: durante la juventud, Dios es pródigo con nosotros y nos da a manos llenas, pero en la vejez, lo único que hace es quitarnos cosas: perdemos la energía, la belleza, la salud, todo lo que antes teníamos; no sabe a qué se debe. Eva Preciado está de acuerdo con ella, no así Isaac Hurtado, que replica: "cuando somos viejos, lo que Dios nos da son lecciones y nos permite acercarnos a Él por medio de la humildad. Nos brinda la oportunidad de depurar nuestro espíritu para que vayamos a su encuentro libres de apegos y ataduras". Las amigas de Isaac Hurtado, después de reflexionar un poco, le conceden la razón.

44.

Sueñas que estás en Guadalajara, en la casa de tus padres. Anda por ahí uno de tus primos, que también es gay, y están varios muchachos, que, conforme avanza el sueño, parecen multiplicarse. La situación tiene algo de caótica, pues van a salir y los muchachos se emborrachan. Buscas tu celular y no lo encuentras; tu pequeña mochila está sucia y alguien dejó ahí unos colores, que manchan su contenido. Piensas que luego vas a tener que lavarla. Aparece tu padre y, por su expresión, deduces que está enfermo. No obstante, se muestra amable y saluda a tu primo y a los muchachos. Tu padre carga tu otra mochila y te la entrega. La revisas: faltan muchas cosas que traías y supones que se encuentran en el cuartito del que acaba de salir tu padre. Ahora tu primo está enojado, pues la salida se ha prolongado mucho. Vas a otra área de la casa, donde hay más muchachos. Uno de ellos está en una silla, pero no sentado, sino arrodillado en ella y ofreciendo sus nalgas. Te acercas a él y lo tocas. Él te rechaza y te dice: "No, gracias". Vas con otro muchacho y lo acaricias; él te responde de la misma manera. Pruebas suerte con uno más, que actúa de igual forma. Tu sensación de incomodidad no hace más que aumentar.

45.

Casi milagrosamente, Salvador Álvarez sale del coma y recupera la conciencia. Su familia lo atribuye a la fuerza de sus oraciones. A él le da gusto verlos ahí reunidos, lo que no deja de sorprenderlo. Haciendo gala de buen humor, les dice, cuando ya se siente un poco mejor: "¿Qué pensaron?, ¿que me iba a pelar así nomás, sin despedirme?". "Ay, papá, no digas eso; nos tenías muy preocupados", dice su hija. También parece obra de un milagro que Salvador Álvarez experimente de nuevo alegría por estar vivo: ¿quizá se debe a la presencia de su familia? De cualquier manera, se muestra agradecido con la vida, o con Dios, o con quien sea el que ha traído este cambio.

46.

Felipe Torres te dice: "Tienes unas nalgas preciosas, papito", y las muerde suavemente, lo que te causa un gran placer. Luego lame tu culo e introduce un dedo en él, aflojándolo. "¿Me dejas penetrarte, papito?", te dice. Tú decides fingir una actitud de primerizo: "¿Y si me duele?". "Te prometo hacerlo con cuidado, mi rey". "Está bien". Felipe Torres acomoda su verga en tu culo y mete en él una pequeña parte. Si bien su verga es más grande y gruesa de lo normal, no te causa dolor, pero simulas sentirlo y exclamas: "Ay, me duele, Felipe". "No me muevo; aguanta", te dice. Respiras profundamente, como para calmar el falso dolor. "No, no, me sigue doliendo", dices, y retiras su verga de tu culo. "Perdóname, pero me duele mucho: no estoy acostumbrado a ser pasivo". "No te preocupes, papito, ya será en otra ocasión". Propone una alternativa: "¿Me dejas venirme en tus nalguitas?", te dice. "Sí". Felipe Torres se masturba viendo tus nalgas y acariciándolas con su mano izquierda. Aprietas suavemente su escroto, aunque te preguntas si no le parecerá un truco de alguien más experimentado que tu personaje. De cualquier manera, decides continuar al ver el placer que le provocas: "Ay, así, así, papito; qué rico". No tarda en eyacular abundantemente. Cuando salen las últimas gotas de esperma, limpia con una sábana tus nalgas. Luego, te volteas y te pregunta: "¿Cómo te quieres venir?". "Como tú", contestas. Felipe Torres se pone boca abajo y ofrece sus bien formadas nalgas a tu vista. Las acaricias; te sorprende su suavidad. Te masturbas y no tardas mucho en venirte.

47.

Este domingo el tema del concurso semanal en el programa *Muérete y gana* consiste en personajes de ficción, y los ganadores son Alma Ramírez, que se disfraza de la Mujer Maravilla, y Eleazar Santamaría, que se viste de Batman. Los reportajes especiales son dedicados a Juan Zárate, que sale del hospital, y a Salvador Álvarez, que cae en coma. Las cámaras muestran a este último, postrado en su cama, y a sus familiares, desde que llegan a la Ciudad de México. El rating de la emisión se mantiene en un nivel muy alto, lo que no deja de sorprender gratamente a Ramón Villafuerte: nunca le había sucedido que un programa suyo alcanzara un puntaje invariable. Lo celebra, como el domingo pasado, por partida doble: yendo a cenar con sus amigos a su restaurante favorito y recibiendo luego la visita de Leonardo en su casa.

48.

"Siento algo muy especial por ti, Leonardo", te dice Felipe Torres. "Yo también siento algo especial por ti, Felipe", le dices, acaso sin mentir. Te preguntas el porqué de ese sentimiento: en un principio, piensas que se debe a que te trata muy bien, pero luego te dices que no puede ser eso, ya que Ramón Villafuerte también se porta muy amable y generoso contigo, y por él no sientes más que un afecto moderado. Terminas deduciendo que tal vez es una cuestión de química.

"Quiero que me cojas, Felipe", le dices, saliéndote un poco de tu personaje, pues el Leonardo de ficción no se expresaría así, pero no te importa: eres sincero. Felipe te dice: "Sí, papito" y te promete no hacerte daño. Cumple su palabra: en ningún momento actúa con brusquedad. Tú disfrutas de los movimientos cadenciosos de su verga; hacía mucho tiempo que no experimentabas ese placer: cuando habías dejado que alguno de tus clientes te penetrara, se había tratado de algo más bien mecánico. Le dices a Felipe, mintiendo un poco: "Nunca había sentido esto". "¿De veras, mi amor?". "Sí". De pronto, tienes el deseo de eyacular y se lo dices. "Sí, vente, papito —te dice—; yo también estoy a punto de venirme". Los dos alcanzan el clímax al mismo tiempo.

49.

Hay veces que la vida parece ponerse en pausa y deja de brindarnos emociones, penas, alegrías… Así sucede esta semana en la casa de *Muérete y gana*, cuyos habitantes no empeoran ni mejoran, y no reciben noticias que alteren esa especie de inercia en que viven. Algunos se aburren, otros lo agradecen.

50.

Como si la advertencia de Ramón Villafuerte hubiera sido una predicción, te das cuenta de que estás enamorado de Felipe

Torres. Hacía mucho tiempo que no te pasaba algo así y le das con gusto la bienvenida. Sientes que los días subsecuentes son plenos y disfrutas de esa emoción. Por su parte, Felipe Torres te confiesa su amor y le dices que es correspondido. Por si fuera poco, la vida parece darte un premio más y Felipe Torres te recomienda para un papel en una telenovela que se grabará próximamente: después de una audición, el jefe de reparto te acepta. No sabes cómo agradecerle a Felipe Torres todo lo que te da.

Pero hay una densa nube que ensombrece tu dicha, por decirlo con un cliché: no ignoras que Felipe Torres está enamorado de un personaje y no de tu persona real: ¿qué pasará cuando se entere de las actividades a las que en realidad te dedicas? Pasas varios días con una sensación incómoda que por momentos se convierte en ansiedad, pero decides no dejar pasar más tiempo y confesarle todo a Felipe: "Al mal paso, darle prisa", dice el dicho.

La siguiente ocasión en que ves a Felipe Torres se porta, como siempre, muy cariñoso, y tú te sientes culpable: no mereces sus atenciones. "Tengo algo que decirte", comienzas. "Sí, mi amor", te dice, y tú piensas que su trato va a cambiar después de tu confesión. "Es algo que no te va a gustar y yo entenderé si después de eso ya no quieres volver a verme". "Me estás asustando, papito". Le dices primero que en realidad no eres estudiante de actuación, sino stripper, pero evitas comentarle que también te prostituyes, y quizá nunca se lo dirás. Él te escucha con mucha atención y sin interrumpirte. Luego le cuentas que Ramón Villafuerte te pidió que te pusieras en contacto con él, con Felipe, e hicieras que se enamorara de ti. Pero tú no contabas con que ibas a tener ese sentimiento. Estás muy arrepentido y lo único que quieres es que te perdone, aunque tengas que renunciar a él. Felipe Torres derrama dos o tres lágrimas durante tu monólogo y tú no puedes evitar tener la misma reacción. "Perdóname, mi amor", le dices. Él permanece en silencio durante un momento; luego se limpia las lágrimas con la mano. Finalmente habla: "Me duele mucho lo que me has hecho, Leonardo —dice—, pero más me dolería dejar de verte. Creo en tu sinceridad y te agradezco tu confesión. Me voy a esforzar por perdonarte, aunque me lleve algún tiempo". "Gracias, mi amor, gracias —le dices—. ¿Te puedo abrazar?", le preguntas. "Sí", contesta él. Lo estrechas en tus brazos y lo besas en el cuello. Él responde a tu abrazo. "Te quiero, Felipe; hacía mucho que no sentía esto". Felipe Torres busca tu boca y te da un beso prolongado. Ahora estás seguro de que tarde o temprano te perdonará y te sientes contento. Sólo te queda un pendiente: poner punto final al trato con Ramón Villafuerte.

51.

A Ramón Villafuerte le arde la cara de la rabia: todo se esperaba menos lo que le confiesa Leonardo. Éste le pide perdón y le dice una frase manida: "En el corazón no se manda".

A Ramón Villafuerte le dan ganas de abofetearlo, pero se contiene. Lo único que se le ocurre es decirle que es un sujeto vil, lo que no era de extrañar, dado el ambiente del que proviene. Leonardo acepta sin chistar el insulto y Ramón añade: quiere que le devuelva todo el dinero que le pagó y lo que gastó en él. Leonardo le dice que así será: le dará por el momento todo lo que tiene y después irá pagándole hasta saldar su deuda. Leonardo sale de la casa de Ramón Villafuerte con la sensación de haberse quitado un peso de encima, mientras que Ramón piensa que la vida les cobrará muy caro a Leonardo y a Felipe Torres lo que le hicieron.

52.

Este domingo el tema del concurso semanal es "Figuras del cine" y los ganadores son Salvador Álvarez, que se disfraza de Cantinflas, aunque con la peculiaridad de usar un bastón, y Eva Preciado, que se viste y se maquilla como Elizabeth Taylor en *Cleopatra*. Se estrena una nueva canción, cuyo estribillo dice: "Qué bonito, qué bonito / Ha de ser estar muertito, / Ya sin pena, ya sin gloria, / Sin dolor y sin euforia". Como no sucedieron muchas cosas en la casa de *Muérete y gana*, la producción del programa presenta varios sketches y un reportaje especial sobre la eutanasia y la voluntad anticipada. Ramón Villafuerte, a pesar del disgusto que se llevó por la confesión de Leonardo, logra sustraerse a ese sentimiento durante la emisión y decide que no lo afectará mayormente, por lo que, al terminar el programa, va a celebrar el acostumbrado éxito de éste con algunos colaboradores y amigos.

53.

Al contrario de la semana pasada, en ésta hay novedades que cimbran la casa de *Muérete y gana*: fallece Alma Ramírez. Debilitada por el cáncer que le había hecho metástasis, no resiste a una segunda neumonía. Muere el miércoles de madrugada, en compañía de su familia. Todos están inconsolables, como era de esperarse, pero quien más la llora es su hijo menor, que lamenta no haber podido despedirse de ella. La noticia de su deceso aparece en la prensa y en todos los noticieros de la cadena en que se transmite el reality.

54.

El último programa de *Muérete y gana* es dedicado íntegramente a Alma Ramírez. Las cámaras la muestran primero en el hospital, donde con tubos y otros aparatos tratan de reanimarla; luego presentan el momento exacto de su muerte y los esfuerzos que hacen los médicos para revivirla, aunque todo es inútil. La familia de Alma Ramírez no se despega de su lado, y después rezan un rosario y le piden a Dios por ella. Las cámaras y los micrófonos dan testimonio del velorio de Alma Ramírez, al que asisten todos sus compañeros, incluidos los miembros de la producción y, por supuesto, Ramón Villafuerte. La familia de Alma Ramírez no deja de llorar y busca algo de consuelo en la oración. Finalmente se ve el momento en que conducen el ataúd de Alma al horno donde la creman, así como la entrega de sus cenizas en una pequeña urna.

El domingo, durante la transmisión de *Muérete y gana*, Ramón Villafuerte entrega a la familia de Alma Ramírez el cheque por dos millones de pesos al que se ha hecho acreedora. El rating del programa alcanza niveles inusitados, por lo que Ramón Villafuerte reprime una sonrisa de satisfacción. Sólo en el brillo de sus ojos se nota su alegría por el éxito obtenido. Ramón Villafuerte recuerda brevemente la traición de que fue víctima hace apenas unos días, pero luego vuelve a disfrutar del momento presente y se dice que no hay dicha completa. Por su parte, Leonardo y Felipe Torres, que siguen en la televisión el programa de *Muérete y gana*, tomados de la mano piensan que sí, que sí existe la felicidad plena.

Con R de Reality de Luis Zapata
se terminó de imprimir en el mes de enero de 2023
en los talleres de
Grafimex Impresores S.A. de C.V.
Av. de las Torres No. 256 Valle de San Lorenzo
Iztapalapa, C.P. 09970, CDMX, Tel:3004-4444